国家出版基金项目
NATIONAL PUBLICATION FOUNDATION

“十二五”国家重点出版物出版规划项目

走向世界丛书

主编 钟叔河 曾德明 杨云辉

FROM EAST TO WEST

袁祖志 瀛海采问纪实

鄢琨 校点

岳麓書社·长沙

本册总目□

□

袁祖志瀛海采问纪实

丛书新序

钟叔河

二○一三年十月

“走向世界丛书”一百种，只收晚清时期 from east to west（从东方到西方）的记述，这并不等于说，只有十九世纪末二十世纪初的中国人，才需要面对走向世界的问题。

纵观人类历史，走向世界决不是什么地区性和阶段性的活动，而是不断出现在全人类发展进步过程中并与之同步的历史现象。一百万年前，人类开始从非洲进入亚洲和欧洲，一万年前，又从亚洲进入北美洲和大洋洲，就是在不断地走向世界。

从有史以来的文献、文物看，三千多年前的《奥德赛》和《出埃及记》，说的是古希腊人和以色列人走向世界——走向地中海和巴勒斯坦。两千多年前的《史记》和《汉书》，写了张骞和后来汉朝“益发使”走向世界——曾走到罗马在西亚的边陲。一千三百年前的《大秦景教流行中国碑》、七百年前的《马可·波罗游记》和四百年前的《利玛窦中国札记》，记下了阿罗本、马可·波罗、利玛窦的 from west to east，这和 from east to west 一样，都是在走向世界。

人类曾因地理、种族、制度、意识形态等原因而互相分离，甚至隔绝。夜郎国的君长初见汉使时问：“汉孰与我大?”当是时，夜郎的世界僻处黔西，其“大”可知；连夜郎都未入版图，则汉之“大”亦远不如今之中国。但人为万物之灵，为了求生存谋发展，总不能老守着自己的一亩三分地，总会要想方设法走向世界——走向更广阔的外部世界。于是，汉要“通西南夷”，要前往原来“道险终不能有”的夜郎；夜郎要问“汉孰与我大”，要想改变原来“不知汉广大”的状况。由互相隔绝变而互相接近，互求了解，这就是走向世界。

走向世界，无论是自己走出去还是让别人走进来（总比让别人杀进来好），无论是主动的还是被动的，从总的历史进程看，用大的历史眼光看，都有利于发展，都是一种进步。对汉朝来说是如此，对夜郎来说亦是如此。两千年前是如此，两千年后亦是如此。上世纪七十年代末开始编辑出版“走向世界丛书”时是如此，如今来继续编辑出版这部丛书时亦是如此。

今天的中国已不再是七十年代的中国，虽然仍称发展中国家，经济总量却早已“超英”，正在“赶美”，但走向世界的路还“漫漫其修远”。时至现代，走向世界当然是要走向现代化的世界，也就是要高度现代化，全盘现代化。“四个现代化”的“四个”——工业、农业、科技和国防，已经“化”出了很大的成绩，而我们的管理现代化，我们的服务现代化，我们的制度现代化……要走的路的确还很长。

现代人走向世界，首先要使自己成为能接受全球文明，有世界知识，有世界眼光，有世界理想的人。“走向世界丛书”杰出的作者，如郭嵩焘、黄遵宪……又如邹代钧、金绍城……他们看到的新技术还是德律风（送话器和最早的手摇电话机）、火轮车（蒸汽机车）……我们如今却已经用上了智能手机、坐上了波音飞机……但在思想层面上，我（不敢称我们）反省自己的世界眼光和世界理想，甚至在世界知识的某些方面，比起一个多世纪以前的郭、黄他们来，差距实在还不小。在这方面，也就是人的现代化这方面，要走的路就更“漫漫其修远”了。

五年前北京奥运会的成功举世公认，它已经成为中国走向世界的一大标志。它的口号：

ONE WORLD，ONE DREAM

“同一个世界，同一个梦想”，这也应该是现代人走向世界的志向和目的，是我们继续编辑出版“走向世界丛书”的志向和目的。

丛书原序□

钟叔河

一九八〇年七月

人们常说，今日之世界，乃是一个“迅速缩小的世界”（rapidly shrinking world）。在电视卫星、激光通信和喷气式客机的时代，地球之上各地之间的距离，确实好像越来越短，人们相互间的接触和交流，也越来越方便和密切了。

可是，仅仅在几代人以前，异国还显得那样的离奇和遥远。古代欧洲人说，中国人用小米和青芦喂一种类似蜘蛛的昆虫，喂到第五年虫肚子胀裂开，就从里面取出丝来（Pausanias《希腊纪事》）。古代中国人则曾经相信，西方有种羊羔是从泥土里生长出来的，脐带还连着大地（《旧唐书·西戎传》、《渊鉴类函·边塞部九》）。这类海外奇谈，今天听起来简直不可思议，而在过去上千年中，却一直被当作可信的资料，记载在欧洲和中国的史书上。由此可见，人类文明的发展，经历了一条何等漫长曲折的道路。

为了探索和开辟外部世界，丰富自己的物质和精神生活，各国人民都作过许多贡献。人类文明史像叙说伟大的发明家和著作家一样，将永远铭记着张骞、玄奘、马可·波罗、哥伦布等不朽的名字。我们甚至可以这样说：一个民族从中世纪到现代的历史，也就是它打开眼界和走向世界的历史。

历史的发展从来是不平衡的。当黄河、长江已经哺育出精美辉煌的古代文化时，泰晤士、莱茵和密西西比河上的居民，还在阴暗的原始森林里徘徊。而自从地理大发现和产业革命以来，中国却相对地落后了。在西方实现资本主义的现代化以后，中国还是一个基本上同外界隔绝的古老国家。是鸦片战争打开了中国的大门，也打开了中国人的眼睛。人们称林则徐和魏源为清代最早“开眼看世界”的人，因为西方的坚船利炮打到中国来时，他们首当其冲，亲身感到这个世界在缩小，距离和壁垒再也不能将异国隔离开了。

过去时代的中国读书人，在“严夷夏之大防”

的社会里度过了上千年。封闭的外壳被打破后怎么办？守旧派的办法是把脑袋钻进沙子里学鸵鸟，像慈禧太后的大学士徐桐，见到洋人就以扇遮面。就是这个徐桐，在庚子年间焚香叩请骊山老母下凡来“杀尽洋人”，结果骊山老母没有下凡，他自己的老命却白白送掉了。而林则徐和魏源则不同，提出要“师夷长技以制夷”，主张学习外国的长处，以对付外国的侵略。要学习，先得了解，于是林则徐编了《四洲志》，魏源编了《海国图志》。虽然他们未能亲身出国去考察，书的材料靠间接采辑而来，难免有许多谬误，但无论如何，地里长羊羔之类的神话毕竟不得不逐步让位给常识了。

林、魏之后，中国才开始有读书人走出国门，到欧美日本去学习、访问和工作。容闳、王韬、郭嵩焘、黄遵宪和严复等人，要算是最早的。接着出国的人渐渐多了起来，尽管其中不少是奉派而去的政府官员，但既然去了，就不会不接触近代—现代的科学文化和政治思想，也就不可能不在中国发生影响。

“走向世界丛书”专收一九一一年前国人亲历欧美和日本的记述。自从一八四〇年鸦片战争失败那时起，先进的中国人，经过千辛万苦，向西方国家寻找真理。应该说康有为和在他之前的郭嵩焘、王韬、容闳等人，的确代表了近代中国向西方寻找真理的一派人物。当然，丛书所收的，也并不全属先进的人物的作品；但总而言之这些都是中国人从东方走向西方的实录，自有其文化的意义和历史的价值。

必须指出的是：从鸦片战争到五四运动这一历史时期中，西方国家虽在许多方面比中国先进，值得中国人学习，但国家利己主义的本质，却总是要压迫剥削比他们落后的民族的。中国人走向世界、接触西方，既有一个学习外国长处的问题，又有一个抵抗外国侵略的问题，盲目排外和盲目崇外都是错误的。对于某些作品中不免流露的这类观点，我们将在为各书撰写的叙论中，适当地作些分析，供读者参考。

“洋为中用”是我们今天的主张，也是十九世纪先进的中国人的主张。“师夷长技以制夷”，不就是“洋为中用”吗？当然，随着接触和认识的逐步深入，人们慢慢地看出：仅仅学一点“长技”，搞一点坚船利炮，还是不行的；要救国，只有维新，维新行不通，就只有革命。伟大的革命先行者孙中山，用他自己的话来说，也是在一八七八年出国以后，“始见轮舟之奇、沧海之阔，自是有慕西学之心，穷天地之想”，才树立了推翻清朝建立民国的大志和信心。历史无情亦有情，后人的思想和事业肯定要超越前人，但前人的足迹总可以留作后人借鉴，先行者总是值得纪念的。

今天的世界已不是十九世纪的世界，今天的中国更不是清朝末年的中国。今日之中国，已经逐渐以现代的面貌，出现在世界的东方。但是，世界的进步越来越快，中国的经济和文化等许多方面还需要不断地发展和提高；这就必需继续打开眼界、走向世界。打开眼界以后，还要学会分析，分清好的和坏的。一切好的东西，要拿来为我所用；一切有害的东西，要实行抵制和预防。在这方面，前人的经验和教训，有一些也仍然值得我们注意。

谨将这套丛书奉献给爱好历史和文化、关心中国和世界的读者，希望它能在中国现代化的过程中，起到一点微薄的作用，是为序。

丛书凡例□

一、“走向世界丛书”一九八六年前已刊三十五种，二〇一五年起仍按原定一百种的计划继续刊行，仍然专收现代以前用文言写作的国人考察西方（含开国后的日本）的记述，仍以亲身经历、直接闻见者为限。

二、丛书按作者出国年月排列次序，尽量单行，即以一种为一册；字数过少无法单行者，才以两种或数种合订成册。合订本尽可能以类相从，按第一种出国年月排序；其各种均在封面列出书名，书脊则只列出第一种书名，并在其下注明“等几种”（另有附录者则注明“附几种”）。

三、每种（册）书前，均由编校者撰写导言（叙论），介绍作者有关背景和书中重要内容，酌加评论分析，以供读者参考。

四、丛书均经编校者校订，标点分段，并加边批。边批的内容主要包括三个方面，兹以《随使德国记》为例，举示如下：

1. 标题、提要和说明，如“星使由苏州来”、“普鲁士分一十二省”、“演八十日环游地球的故事”、“如夫人即赛金花”、“‘人工’今皆称工人”。

2. 书中较重要的译名（加括弧注出原文或今译），如“德璀琳（Detring）”、“毕驷马（俾斯麦）”、“布莱门（不来梅）”、“德利风（电话）”。

3. 原文的订正和存疑，如“‘公司船’原无船字”、“‘骁勇’原作‘骑勇’”、“‘薛福成’成字原作辰”、“奥京立斯本应是维也纳”。

五、每种书后，均附人名索引，人名依首字笔画和一丨丿丶乚排列，按年、月、日三节数字查检（正文单页码下均有年、月、日三节数字备查）。如德璀琳之“德”字为十五画，于索引“十五画”内检得其名下首列“13，8，17”，查正文“13，8，17”在P.3下，即可在P.3上找到

(光绪十三年八月)十七日“乘肩舆往拜税务司德璀琳”的记载。

六、每种书后，一般附有译名简释(今昔译名对照，必要时并加说明)，亦依首字笔画和一丨丿丶乚排列。如“卜兰墩浦 Brandenburg，勃兰登堡”，又如“勺勾腊 chocolate，巧克力”。

七、人名索引和译名简释的条目，并不限于边批中所举者；边批中所举者，则必皆收入索引和简释。

八、人名索引按年、月、日三节数字查检，其原书不著年、月、日者，则按篇章序号或页码查检。

九、原文因排印(抄写)而出现的明显的文字错误径予改正，不在边批中注出。

十、原文中同一外国地名而译文不一，如缪祐孙《俄游汇编》中“彼得堡”就有“比得堡”“彼德堡”等异文，因其无碍阅读，故一仍其旧，不予统一。

十一、原文中之统计数字亦一仍其旧。有的表格中之中文或汉码数字，为方便阅读，改为阿拉伯数字。个别已经失去时效、并无参考价值的统计表格，则在说明情况后删去。

十二、丛书以简体汉字印行。除总序、凡例外，编校者所作导言（叙论）、边批、索引中涉及的数字均按现行规定采用阿拉伯数字。

叙论：沪上文人笔下的西洋镜□

鄢　琨

清光绪九年二月十二日（1883.4.18），轮船招商局总办唐廷枢奉李鸿章之命，从上海启程，出洋考察，以图将轮船航线扩展至欧美；十二月廿二日（1884.1.19）回到上海时，招商局大权已被盛宣怀接管，唐廷枢则被出局，扩展业务的计划全盘落空，出洋考察也灰溜溜地结束。倒是他临时找的一位负责文案的随员，却把此行搞得热热闹闹。此人乃上海洋场才子、报馆名士袁祖志（1827—1898），字翔甫，号枚孙，别署仓山旧主、杨柳楼台主，浙江杭州人氏，清代大名士袁枚的“文孙”，当过县令、同知等官。光绪二年（1876）底开始任官费办的《新报》主编，与英国人出资办的《申报》主笔钱昕伯、何桂笙等交往甚笃，经常在《申报》上与一班沪上名士诗歌酬唱，“提倡风雅，发挥文墨，坛坫之盛，诗酒之欢，佳话一时”（邱炜萲《五百石洞天挥麈》）。光绪八年（1882）《新报》停办，袁祖志正好赋闲。他早就羡慕担任过驻外参赞、写过《欧游随笔》的好友钱德培，能够出洋，把“地球当作弹丸看，笑煞庸奴恋故乡”。此际能以半官方的身份出洋，很令他与他那一班不得志的报界文人兴奋了一阵。他出行前，这些文人便广为宣传，并在《申报》纷纷发表送别之诗，将此次出洋比为张骞凿空之旅。如苏州名士管斯骏赠诗说：“九万程途囊健笔，一天星斗泛灵槎。中朝柔远和邻国，大令征奇访物华……”，颇能揭示这些文人仍怀天朝上国的残梦，对他此行的期许。袁祖志出洋期间，更经常将有关见闻、感想的诗文以电报发到《申报》刊登，又引起许多文人唱和，为《申报》赢得了新的看点和卖点，乃轰动一时。袁祖志回国不久，便将海外诗文编为《瀛海采问》《涉洋管见》《西俗杂志》《出洋须知》及《海外吟》《海上吟》各一卷，交给上海同文书局出版，十分畅销，一再重印。

唐廷枢在为《瀛海采问》写的序中，提到此前郭嵩焘、曾纪泽等人写的海外日记，令“有心时局者”先睹为快，认为海外纪行“要当身历其境，心识其事，略其小、详其大，揣其本、明其末，事事以利我国家、利我商民为务，而不为纸上凿空之谈”。唐廷枢买办出身，是洋务干将，“熟精洋学”，自然有这样务实的主张。袁祖志也是务实之人，不过和唐廷枢所想却有不同。他此行考察，随身带的不是望远镜，而是万花筒。郭嵩焘、曾纪泽他们所著游记，要交总理各国事务衙门以备圣览；而袁祖志的文字，则是要发到《申报》，供自己的同好及普通上海市民看的。自从1845年冬第一块租界（英）划定，上海逐渐成为十里洋场，1865年有了自来火房（英商上海煤气股份有限公司），1881年有了市内电话，1883年英商上海自来水公司开始供水，上海民众对西方的文明多少有所接触，较内地的居民持更为开明的态度，因而对西洋都市的生活场景有更浓的兴趣。作为报界文人，袁祖志笔下处处都表示出当时上海文坛与民众的兴趣所在。

如《瀛海采问》里简略介绍西贡，即隐然将西贡与上海比较，特别提到西贡“有造铁路处。铁路之已成者，往来六省中顷刻可达；其方造而未成者，将来可以直达高棉国”。而此前不久在上海，清政府刚刚将英国洋行修建的中国第一条铁路——吴淞铁路赎回拆除。上海《汇报》则与《申报》就修铁路大打了一番笔墨官司，《汇报》连续刊文，斥责《申报》支持英商修路是“助西人而敌中国”，认为“中国之开火车路，既无益，恐祸乱自此而生矣”。上海民众对此应是记忆犹新。袁祖志还在《火轮车记》《义法道中山行记》文中，记他在欧洲坐火车的体会，感慨道：“火车未行时，此数千里中人踪绝少，地亦荒芜不治。今则禾黍盈畴，桑麻被野，村居屋舍络绎不断。而人民之循此车道贸易以图食者，盖又不可胜计。”袁祖志的报道，明证此工业文明的庞然大物并非洪水猛兽，亦映衬出上海民众对那场争论的倾向所在。

在《涉洋管见》与《西俗杂志》中，袁祖志描述伦敦、巴黎市井的生活场景，更是不厌琐屑，具体而微：

“天士河……伦敦之胜景也。河亘穿城垣而过，清流映带，屈曲绵长。两岸则绿树参天，芳草匝地，间有楼阁，皆富商巨绅纳凉息静之所。”

“大道之旁，树木阴翳，动辄数里，其下常置坐具，听人憩息。”

“洒道以车载水……或于道旁置自来水井，但以皮条之铜管插入其中，一人手握皮条……随手喷洒。”

“救火之水龙制既精巧，其置龙之所则尤巧妙……不到一分之时，即已振策扬鞭，疾趋火所。”

“街车之制甚奇……车制四轮，二马驾之，行于街心所置铁轨之上……车箱分上下两层……每层可坐二十馀人。”

“公家藏书之楼无书不备……任人就观……尽可自携笔墨检查抄录，不费分文。”

“儿童不拘男女，及岁例必入学。无力之家则就义塾，不费分文。倘交八岁不送入塾者，议罚有例。”

“监狱最为阔大，亦最为洁净，此真中土所未有……设遇中土之黠民，必且生事以求入狱。”

他如戏园、澡堂、客寓、百货商场的规模，卧床、浴盆、寝衣的式样，大餐、茶点、酒类的品种，甚至大小便处所如何洁净等细节，都一一介绍。虽然是白描的手法，平视的角度，但字里行间，还是显示出对一种更文明的生活方式的羡慕。

《出洋须知》中，则对出洋旅行须注意的诸多事项，作了详尽的说明。如带钱巨款总以汇票为妥，随身宜多兑换英、法两国之小洋钱为便；泰西各国语言不同，英语并非到处通行；入境问禁，首禁不讲卫生；凡遇妇女，必当让其当先；相遇寒暄，不得叩其年齿；不得在公共场所吸烟，且烟罚税极重，何如不食之为妙等等。尤有意思的是，袁祖志到了西洋，才发现英国贩鸦片"耗我中华之财，弱我中华之民"，而泰西各国皆严禁此物，违则科以重罚，乃特别嘱咐中国烟民，若鸦片烟，尤不可带。

袁祖志笔下感兴趣的另一重点，则是西洋的"奇风异俗"。中国旧有典籍中，记载异域风俗时，惯常以文化中心俯视化外之民的态度，作猎奇的描写。此时的中国，早已被西方文明打败，袁祖志却仍然想维持那样一种心态。为此，他在《泰西不逮中土说》中表明自己的立场："中土首重伦常，次隆仁义；泰西则子不养父，臣玩其君，妻贵于夫，三纲沦矣……风俗之坏，一至于斯。"

作了这番表态，他就可以大大方方地报道所看到的西洋"奇风异俗"了：

"君主君后所照之像任人摹拓，不以为亵。民间市肆多有悬挂壁间作为赏玩之具。"

"子女既大，父母便可不问，一切听其自主。子女之视父母也，亦如陌路者然，惟见时以礼而已。"

"中土男贵于女，泰西则女重于男。中土一男可以兼妻妾数人至数十人不等，女子只事一夫；泰西则一女可以适数人，而男子不得兼妻妾，虽君主亦然。”

对泰西“三纲沦矣”的风俗，袁祖志大概最看不惯的就是“女重于男”，于此也着笔最多：

“妇女专务出游，裙钗遍乎街市，巾帼杂于舟车，夫男不得禁其出户，违者控官系狱。”

“中土妇女衣必蔽体，最耻袒露；泰西妇女则上露乳臂，下不着裈。”

“入座饮食必待妇女先坐，男子乃可相继就位。”

“妇女大半皆自择婚。”

“市肆之中大概皆以妇女掌柜，虽极大店铺亦然。任客嬉戏，不以为嫌。”

“妇女辈无不知书识字，虽仆妇亦然。”

“街车……妇女之来，虽客位已满，亦必有启立而让者……火轮车亦然。”

“如遇妇女礼应相让，让必以右不以左。”

“妇女在座，男人皆不得吸烟，以昭敬重。”

虽然其笔下也有些荒腔走板、想当然的报道，如：

“妇女天癸之期，亦随意以面巾揩拭。其所骑之布带，店铺中有制就待沽者。”将卫生巾误认为面巾，并多次加以指责。

把绘画使用模特说成是“描摹妇女下体”，而“习此艺者男女并重，而女尤精于男，故所传秘戏图最佳”。

但整体来说，他的记载大致是客观的报道。在今天看来，袁祖志这些记载，多数似乎是在宣传赞赏西洋社会之文明；岂知他心中另有一杆三纲五常之衡尺。不然的话，他怎么会得出结论“泰西则奸淫无禁，帷薄不修，人尽可夫，种皆杂乱”、“风俗之相反至于如此其极”？

官场失意、放浪形骸之外的袁祖志，在上海滩素有“嫖界宿将”之称，有为上海名妓题写“花榜诗”、评“四大金刚”之头牌为“林黛玉”的“韵事”。到了西洋，因其非正式的官方身份，仍能津津有味地描写伦敦的暗娼“沿街遍路”“寻人苟合”，巴黎的妓院“装束有三等……成群媚客，真骇观也”。尤其写“妓院房舍华美绝伦。有一室上下四方六面皆以巨镜为之，人行镜中，灯影逾明。并有机器铁床一具，交合之际无烦人力，其机自能鼓动”，不无艳羡地感叹，即便当年隋炀帝的逍遥车之制，也“瞠乎后矣”。

同时，他也不免出席一些社交场合，却不能从心理上接受与西方妇女的平等交往，尤其是女士优先。他写在社交场合所见：“妇女入王宫皆以肉袒为敬。寻常见尊长，必以口承长者之左右吻，唧吒有声，极为骇异。”更有跳舞之请，素不相识的男女“两臂相握双双离席，纵跳舞跃以相取乐”。他一面在心中讥讽西人“男女杂坐无嫌疑，叔嫂未妨相授受”，“男欢女爱太无遮，石烂海枯难涤垢”（《海外吟·西人妇》）；一面却邪想“妇女以乳大腰细为贵”、“玉山高耸乳如酥”；甚至自我感觉良好，标榜“中土偶来名士少，西方果觉美人多”（《喜此艳遇漫成一律》)。没落的封建文士的妇女观，实在是令人哭笑不得。

凡此种种，尽管袁祖志笔下的西方文明，从客观上来说实在是处处强于中土，他自己也承认，泰西“上下一心，戎卒百练，器械精良，道路整洁”，但他仍然得出“泰西不逮中土”的结论。泰西再怎么发达，仍不过是不知礼义的夷狄之邦。只是他的这种辩驳，太过苍白，太像鲁迅笔下的阿 Q，回到未庄后谈起城里人时的态度。

袁祖志的这些文字，善于抓住新闻看点，满足了沪上文人与民众对西洋社会生活的好奇，在一定程度上普及了对西洋文明的解读；他将西俗与中土对比，而加以贬低的阿 Q 式的自尊手法，则抚慰了沪上文人与民众面对十里洋场的繁华时不自信的焦虑。与郭嵩焘、曾纪泽辈的《使西纪程》《出使日记》“上则国政，下则民风，极诸制作之器，靡不详审无遗”的高头大著相比，袁祖志对于“利我国家、利我商民”的大端实在关心太少；跟随唐廷枢作洋务考察，对所务何事也全未提起；似乎是捡了芝麻，丢了西瓜。但他此书，却比那些高头大著更受欢迎，一印再印，影响甚广，俨然成为海外游历者的案头指南。钱锺书的小说《围城》中，方鸿渐在他家老太爷那里读到的，即是此书。这多少从一侧面，映照出中国一般文人与民众对西洋文明的态度；也在某种意义上，为洋务派及维新派在中国的失利，作了注脚。

《西俗杂志》又有《各国日记汇编》本，万选楼主人辑，上海书局光绪二十二年（1896）石印本，署仓山旧主著，西泠啸翁抄，系将书中各条次序重新排列抄成。

袁祖志瀛海采问纪实□

□ 据光绪十年孟冬上海同文书局石印本

□ 鄢琨校点

袁祖志瀛海采问纪实目录

序

昔太史公好游，其得力于山川者深，故发而为文多有奇气。士君子穷居僻壤，狃于见闻，限以方隅，往往以不能游历为憾者，有其志而无其遇也。钱塘袁翔甫先生为简斋太史文孙，挟其家学，游寓于海上者二十馀年，目击夫靡丽纷华于斯为极，故凡于人心之儇薄、风尚之淫奢，无不托诸歌咏，而闵世伤时之感时流露于其间，俾阅者得所惩劝。付削单行，虽为世赏者久，而要其出游之志，则固未之慊也。岁癸未，唐景星观察有泰西之役，先生佐之，遍历各国，遂得纵目游观、恣情采问；而于山川、习俗、状物、人情，与夫一切琐屑，凡所目见而耳闻者，揭其事实，系以篇章，集为五卷，归以示予。予阅而爱之，而尤不敢秘也，亟以单行之《海上吟》汇付石印，而总题之曰《谈瀛录》，供诸同好。庶使隅守一乡者一览了然，不啻亲历其境焉。至集中笔墨之奇，吐属之隽，考事之详，

袁祖志为袁枚之孙

目见耳闻写就成集

绘情之显，所谓约而明、简而当者，则各卷诸君子已有弁言，固无俟予之赘矣。观此书，窃幸先生数十年之隐衷至此而少释，而又羡观察之有以成其志也。

香山徐润雨之拜序

卷一 瀛海采问

序

自中外通好，迄今垂数十年矣，近年以来邦交益密，使聘往还不绝于道，几于无国无之。此固开亘古未尝或有之局，亦即为往哲未能逆计之端。生今之世，而不务将所见所闻、所罕见、所罕闻者笔之于书，以志四海一家之盛，讵不重可惜哉。此斌星使椿所以有《乘槎笔记》，郭侍郎筠仙所以有《使西纪程》之刊。近日曾劼刚袭侯亦有《出使日记》，江宁李圭小池更有《环游地球新录》，其中记载所历之境，上则国政，下则民风，极诸制作之器，靡不详审无遗，纤微弗失。一编持于手中，各邦呈于睫底，有心时局者所由以先睹为快而殷殷加意也。廷枢频年承乏招商局务，昕夕与他邦之人往来交接，又尝承海疆 中外通好邦交甚密大吏事事垂询，不以刍荛见弃。惟自愧才庸识浅，无足酬知，又每以未尝身历各邦，目击其境为慊事。今春请命于北洋大臣合肥伯相，伯相韪之。既已戒行有日，窃自念此非徒作壮游也。要当身历其境，心识其事，略其小、详其大，揣其本、明其末，事事以利我国家、利我商民为务，而不为纸上凿空之谈，庶不负此一行，且不负伯相见韪深意。特虑力有未逮，爰与本局管事美人白君竦，及钱塘袁翔甫先生偕行。白君能通数国语言文字，钩辀结格，入耳了然。重译而属诸袁君。袁君议区六事：首政令，次民俗，次疆土，次武备，次物产，次制作，条分缕晰，眉目井井。至于弇陋不文处，原不堪与诸皇华笔记相提并论，但求足备当局者之采择，是则私衷之所冀幸者耳。按此行也，以光绪九年三月十有二日自上海启轮，以是年十二月二十二日归抵上海，计时则十阅月，计程则九万八千馀里云。

请命出访各邦

香山唐廷枢景星甫识

法属西贡

距香港三千四百七十七里，凭海沿江。初为越南嘉定省新平府平隆县，土人呼为“柴棍”，其实即“提岸”二字。自法人称兵构难，觊觎不已，时当中国咸丰十年，乃以南圻六省畀之。六省者，嘉定而外尚有边和、定祥、永隆、安江、河仙也。法人译“柴棍”二字为“西贡”，立

越南六省割让法国

码头称省会，故西贡之名特著云。

政令　自属诸法国以后，设总督兼水师提督一员；又分设六省参办官十八员，专司征税；另有刑务官听讼事，皆法人也。所征之税，米为最巨，每岁约百馀万元，烟土同之，酒税亦数十万元。其征诸华人之税最苛，名目计六项，曰进口、曰出口、曰身、曰屋、曰地、曰招牌。查身税一项人岁七元，每岁合征二百八十馀万元。亦设土官。有督抚使，月俸八十元；有府，六十元；有县，三十元；再降则有翁总、有村长、有里胥，悉无俸。各权皆掌于法员。又令安南国王简一人来为领事，法国亦派人至安南国为通商各口领事，一则虚设，一则莫测。惟六省之人民，至今二十四年之久并未改换服式云。

官员皆法人

民俗　土人男子蓄发挽髻，妇人赤足无簪珥，惟项有圈、耳有环为女子之别。所居多蔀屋，甚卑陋。户有桃符，与中土无异。华人之流寓于此者皆粤闽籍，合六省之地计之数有四十馀万，贸易二、雇工三、耕种五，各府立有会馆，亦与中土同。虽曰相安，然不免有主弱客强之势。

华人流寓此者众多

疆土　东临大海，西界蛮境，北接边和，南达暹罗。西北多山，东南多平壤。海口列山，天然形胜，入口江流甚狭，曲折绵长，既无水潦之虞，亦无风涛之险。原野肥沃，风景繁华，财利渊源，商船辐辏。其距安南都城也，约计有半月程途焉。

武备　总督兼水师提督，所辖法兵不过二千名，搀用土兵六千名。筑炮台于山巅，设兵房于各省，更番守戍，惟入夜则但用法兵而不用土兵。

地极肥沃 产米尤多

物产　地皆赤土，极称肥沃，种植最易，故产米尤多。堤岸列肆如云，不可胜计，华人贩运络绎弗绝。他物如燕窝、鱼肚、豆蔻、槟榔、红木、白藤，更难仆数。到处芭蕉、椰树，蔚然成林。又有果名山竹子，形如石榴，实如橘柚，色白而味极甘美。时方三月即已食瓜。

制作　有造船厂，有造铁路处。铁路之已成者，往来六省中顷刻可达；其方造而未成者，将来可以直达高棉国。亦有电报局，自来水，皆创制也。至于马路纵横，日辟日广，其经费正不知凡几。马车甚多，式与他处仿佛，惟驾双牛之车负重致远，则中土所无耳。

英属新嘉坡

由西贡至此计程二千四百二十一里。一名噴叻，初为巫乃由人所居，獉獉狉狉，不成人境，又为寇盗逋逃薮。嘉庆二十三年，英人踞而有之，辟草莱而立码头，日盛一日，渐成乐土。巫乃由主退居柔佛，英予以俸而不灭之，亦难得也。

政令　英置总督一，设关榷税。置巡捕厅，设巡逻差，十户一人，稽查民间争斗、赌博及一切违禁等事。鸦片烟廊暨酒店甚多，两种生理日纳税银二千元。妓寮极夥，税亦甚巨。置屋产者，利十税一，其他称是，一年所入不知凡几。惟不容民耕种，平畴沃野任其荒芜，不似西贡一带之成阡成陌也。其意谓地方多粟，则民易为乱，故禁令独严。近年中国亦设有领事官一员，现膺是秩者为左君秉隆，号子兴。广州驻防汉军人府衙租于民间，颜其门曰“大清国领事府”，所以保护华人，诚善政也。

平畴沃野任其荒芜

民俗　土民分为两种，一为巫乃由人，一为吉林人，皆黑如漆，吉林人尤陋，所居亦卑污特甚。大概从事工役及御车、牧马等务者居多，亦间有贸易开肆者。此外皆中土闽、广人，约计有十馀万，闽居其七，广居其三。半属富家巨室，类皆高其闬闳，颜曰“中宪第”、“中议第”、“大夫第”者甚多，以皆膺有职衔故也。开筵宴宾亦极丰腆，中西之俗参半。更有极富者皆置花园、启广厦，车马精良、陈设珍异，莫不以为此间乐，而无还乡之志焉。至于贫者，亦易于谋生，故趋之如鹜云。

闽广至此者甚多

疆土　滨海皆山，形势最胜。东西宽广，计六十馀里，南北计四十馀里，大倍于香港者二。为欧洲各国入中国必由之境，盖中外之咽喉也。毗连暹逻、喀叻吧，土谚初有“一暹”、“二巴”、“三嗼叻”之语。近则此地日盛一日，彼二处皆远不能及矣。

喀叻吧（吉隆坡）

武备　海口创置炮台有二，一在山南，一在山北，因山为垒，凡二重，制度规模极称雄壮。兵为炮兵，步队为二，纪律亦极严明。

物产　土亦赤壤，亦甚肥沃，与西贡相仿佛，因不种禾黍，故旷废甚多。所产胡椒、蔗糖、槟榔子、白藤、红木、点锡、牛皮。

制作　有电报局，有自来火，有自来水。其水于山下凿池为二，第一池犹浊，至二池则已清矣。二池之旁为井，井通机器房，火引轮车旋转，则其水自由筒中逆行而上。上及山巅，亦凿二池，其水皆清，从此由管中散布下山，凡街衢要道处皆立有铁筒，任人启机取水，挑运不竭。

自来水取用极便

英属锡兰

由新嘉坡至此计程五千七百里地，居印度之南，海中大岛也。初属葡萄牙，继属荷兰国，嘉庆元年，英人利而有之，立为码头，日辟日广。其距中国及欧洲各国相去皆万数千里，中途得此关键，为利甚大，故英人视为重镇，不惜巨费以经营之也。

政令　政教禁令略与新嘉坡相同。

民俗　土著不多，而杂处之人实繁有徒，若印度人、若荷兰人，未可胜计。中土只有三人，皆粤籍而贸易于此者。土人设肆鬻珍珠、宝石、象牙、玳瑁等件甚夥，街市不甚繁华，民居亦颇湫隘。被服离奇，率皆赤足，犹是上古浑浑噩噩之遗风焉。

街市不甚繁华

疆土　纵横约计千有馀里，中多崇山高阜，沿海地方少形洼下。欧洲入中国，此为适中之要隘，厥土又极饶沃，诚重镇也。

武备　海口立有炮台，周约三里。洋面泊有兵船，按时更调。其陆兵则兼用印度人，讲求训练，部伍一律。

物产　土沃候温，宜谷、宜苏果，椰子、槟榔、波罗蜜尤繁硕，桂皮最良。宝石、珍珠嵌为约指，象牙、玳瑁制为各器，皆甚精致适用。惟山中多象，则未之见也。

制作　海面辽阔，风涛极大，乃筑长堤一道，于洪波巨浸中横亘如虹。以机器运木石，阅数十年之久，始克造成，坚固整齐，其创制之工不可思议。自此泊船其中，安稳无虞，闻所费金钱二百万馀磅不惜也。此外如自来火、博物院、电报竿、轮车路，皆与他处仿佛，不足称奇。自来水则方创作，尚未成也。

海边筑有长堤

英属亚丁

由锡兰至此计程七千三百三十二里，本海滨荒岛。沿海皆山，不生草木，地气极暖，又无淡水，一雨辄阅三四年。英人取其形胜，不惜财力以经营之。近年以来流民甚多，居然成市。牲畜亦日多一日，资以负载水草、柴薪，盖为轮舟来往取煤之所故。所屯煤斤极盛焉。

政令　政教禁令略与锡兰相同，惟无榷关，以绝无货物出口、进口故也。

民俗　地无水草，向无居人，即牲畜亦无资生活。自辟地后，居民之流寓者日多一日，大率皆附近岛民，奇形怪状，面皆黎黑，发鬓五色具备。所居石屋绳床，朴野已极。

疆土　开山凿径，叠石成衢，所费不资，竟成重镇，为欧洲入中国必由之境。轮船往来于此取煤，其关系正非浅鲜，故经营防守加意谨严。近则已扼塞险要之势，不得以为不毛之地而玩忽视之。

轮船往来于此取煤

武备　海口筑有圆式炮台，其背海处凿开山腹，矗立雄关，亦筑有高坚炮台，严兵扼守，真有一夫当关万夫莫开之势。

物产　童山顽石不生，草木又无雨露，故无所产。居民所用刍草、柴薪皆用牛、马、驴、驼从他处载负而来，惟售驼毛者甚夥焉。

制作　民非水火不生活，故英人于其地方筹蓄水之法：自山下盘旋而上，直至山巅壁立千仞处叠筑水池（即凿山石而成）。制极坚致，以备天雨时接蓄四山之瀑布，任人终年取汲。闻上下各池蓄足可敷一岁之用。其运水下山之法，则刳全羊之革密缝成袋，形状如豚，注水其中，一人之力可负二袋，驴负四袋，驼负八袋，熙来攘往，不绝于道。民间购此水饮濯者，钱百文得水一斤云。

英人筹蓄水之法

义属拿波利

由亚丁至苏彝士河计四千九百七十里，再至钵碎三百四里，由钵碎至此计三千三百六十二里。古属罗马国，今为义大利国之陪都。国分十六省，此其一也。沿海皆山，海口如门，气象极为雄壮。民居繁盛，市肆喧阗，国王有行宫一区，教堂大小甚夥。又有火山并罗马旧城古迹。

政令　国主虽有宫室，不居于此，置大臣一员以统治之。设关榷税，凡客商到埠，必将货物、行李不分巨细一概送关，听其逐一检查。若吕宋烟一项查察尤严，百枝烟纳税四元，亦苛矣哉！他如绸缎、茶叶等货，其税亦重，至阿芙蓉膏则不准携带云。

民俗　丁口计五十四万零，其中回教甚多，他国之旅居者则法国之人为尤夥焉。 旅居者法国人尤多

疆土　山海险要，为英法两国之门户。其距法国尤近，计程仅三千馀里，去本国京都八百里。

武备　炮台矗立海中，极称雄伟。所在严兵驻守，兵士装束不一。其制有极大兵房两所，每所可驻兵万人。

物产　珊瑚最多，肆中雕制物件大小不一其式。果实则种植几遍，触目皆是，葡萄极繁，樱桃亦极大。

制作　有石山之中穿凿一洞，状如高大城门，深约里许，直达山阴，车马往来络绎不绝。洞中黑暗，装点自来火灯，以便行人，功力之奇，目所未睹。他如登火山绝顶之机器车，一索可挽十馀人，安坐如室，皆奇制也。 山中穿凿隧道

义都罗马

本为罗马旧都，至今宫址犹在。义大利主自拿波利迁居于此，驻跸其间，改拿波利为陪都焉。人民富庶，风俗

雍熙，其阔大气象足称为海外雄邦。惟教王向居于此，故教堂甚壮丽，而教民亦殊多云。

政令　地为教王所在，一切政事向由教王主持。自义主迁都以来，与教王约不得干预政事，遂改归国家主持。至今，国自国而教自教，两不相涉焉。

民俗　尚华而不尚朴，尚奢而不尚俭，极重绘画之事，有值万金一幅者。某巨室藏画既佳且夥，以求观者太繁，乃舍宅遍悬壁间，任人观看临摹。摹者以妇女为尤工，故他国有远来学绘事者，亦征俗尚之异焉。

疆土　距陪都拿波利计程八百馀里，幅员较广。虽有旧时城垣，但见要隘处有门有堞而已，不似中国城垣之四方周匝也。

武备　兵数极多，兵房亦大，而兵卒之衣制不一其式。所在不分昼夜轮班驻守，莫不躬擐甲胄、手执刀械，亦若大敌临境者然。即闲散兵卒游于市肆，亦复如是。盖当英、法两大之冲自有不得不然之势。

葡萄酿酒为大宗

物产　葡萄极多，触目皆是，资以酿酒，是为大宗。蚕丝亦好，故所织之绸缎与中土无异。四郊桑树有大至合抱者，似皆数十年物，何得云中土之桑海外所无耶？然总以花石及画幅为各邦之冠。

制作　俗重石工，其艺极精。凡楼屋数重皆以白石叠成，虽极顶亦以白石为柱，花石为壁。有以五色碎石嵌成者，磨砻极细，花样不同；有装成画幅者，人物酷肖，宛若鬼工。闻石色分别选备，多至二万馀种，亦宇宙之奇观也。又或制为几面，为玩具，花草、人物，宛若天成，远胜画笔。拭之无痕，滑不留手，以寻常螺甸所嵌较之，瞠乎后矣。其他诸色机器俱备，惟自来水之制至此少变，盖以吸筒装就，使之终日喷注；或凿石如人兽状，而引水从口出，任人于其下汲取不竭焉。

法都巴黎

法兰西之京师也，介居英、德、荷、义之间，东西南朔平壤居多，无甚高山大川，幅员不广，而称强海外，久树一帜，民生繁庶，土地肥沃。以首善之区而论，气局宏阔、市肆繁华，诚可首屈一指，然政令烦苛、物价昂贵，居大不易之叹恐有甚于长安也。（居大不易甚于长安）

政令　本为君主之国，自经德国挫败之后改为民主之国。其主四年一更，由民间公推，称为伯理玺天德，虚拥高位毫无权柄。一切国政皆归议政院主持，议既成，但请伯理玺天德画诺而已。一既退位遂与齐民无异，各官退位亦然。至于暴征苛敛甚于他国，民不堪命，每怀旧君。虽曰豪强，难称殷富，皆缘务极奢侈而不崇俭朴之故也。（议政院主持国政）

民俗　户竞奢华，人争侈肆。无贵无贱，悉务游观。园囿胜地，所在皆满。马车往来，充塞道途。既暮，则灯火光明逾于白昼，剧场酒肆无着足处。妇女出户者多，在家者少。六街三市参错行走，触目皆是。男不得有二妇，女不妨一再适人。至其市肆之繁盛，屋舍之整齐，街衢之（户竞奢华人争侈肆）

阔大，灯火之稠密，虽由于国家之弛纵，亦本夫民心之侈肆焉。

武备　额设长征之兵五十馀万，合之听候调遣之兵，计有二百馀万。此仿照德国寓兵于民制度，盖人尽为兵之数也。额兵五年为满，期满更换，归入听候调遣之中。环城要隘计设炮台十三座，其马塞海口炮台层叠，扼要势，极雄杰。

马塞（马赛）

机器博物院

制作　机器制造之局，大小不知凡几。国家置有机器博物院，凡一切机器俱有模式，分室陈列，俾资考究。又有画景园二，绘写当日德兵压境时战败状，穷形尽相，罔不酷肖，其画手之工古今罕见。任人纵观不以为耻，盖即吴王夫差不忘报仇之意。又有得胜楼一，高矗云汉，以石叠成，费银百万，则表拿波仑之功也。电线之在城市者不植竿，而埋于地底，其制又一变。至于万生院、水族洞、蜡人馆、博物院等制，他国所在皆有，未足称奇焉。

凯旋门

英都伦敦

由巴黎至此九百八十一里，英吉利之京师也。地舆辽阔，人民繁多。与法相距不及千里，中隔一海，波涛汹涌，以当鸿沟。海口炮台联属，榷关横亘如虹，形势皆极雄壮。虽有城内城外之分，而无雉堞禁门之设。君主行宫甚多，驻跸之所亦无一定。其地夏无炎暑，冬则多雾，行人对面不相见，时有碰撞之虞。届时，道中人必高歌，车必扬铃吹号，以防伤损。且煤气太重，尘垢恼人，故入冬有避居他处者，亦犹择地避暑者然。

世为君主之国

政令　世为君主之国。旧君无子以公主嗣位，计登祚迄今已四十馀年。国中亦立有上下议院，商民亦仍有权。京师府尹一，秩尊侔人主，皆巨商任之，一年一更，岁俸十二万，仍须自贴十二万，其侈费可想而知。至于百秩庶司，皆以公举而授。君不贵而民不贱，政则简而刑则清，乡邻无斗者，道路不拾遗。书塾即中土之义学，多至一千五百馀所。大书库藏书七十馀万册，纵民观览。税关每日征银十五六万，烟酒税重，丝棉无税。大小报馆数十家，任其到议院中听闻纪录。一应政事，令行禁止，无少扞格焉。

民俗　奢华逊于法国，而繁庶过之。户口约计四百万有奇，往来客商尚不在内。以女王故，女重于男较他国尤甚。境内禁开娼寮，然冲衢大道冶容诲淫，众目之下不以为异。亦征流弊之过滥，而伤国体之太甚焉。至其士奋，其民勤，其工巧，其商富，上下熙熙悉敦礼让，接待他邦远国之人似有加礼，诚不愧领袖诸邦、称强瀛海焉。

疆土　附郭纵横各七十里有奇，合都城内外街道计之，约二万一千七百八十里。距海口二百九十七里横亘一河曰“天士”，一曰“颠迷士”，长五百馀里。东西南朔皆属平壤，无高山峻岭。属国及口岸最多，然皆远隔千里万里，不相联属。其遥为声援及置戍保护之策，则莫不绸缪尽善，以期如磐石之安焉。

天士河（泰晤士河）

武备　巡捕八千名，卫城之兵五千名，各营额兵不及民兵之多。民兵者，选民充之，每逢礼拜六日操练一次，平日但给以衣装、枪械，有事征调乃给口粮，以故人数最众而不耗饷糈。水师计铁甲船七十馀号，兵轮及战舰共四百馀号。海口及各要隘炮台皆新式，极称巩固。步武整齐，号令严肃，盖讲求训练已非一朝一夕之故矣。

所产以煤铁为大宗

物产　地虽饶沃，然所产惟以煤、铁为大宗，其他如麦则资诸美国，丝则资诸义国，酒则资诸法国，烟则资诸吕宋。此外木石、棉花、羊毛等亦皆来自他邦及各码头。而成物极夥、制器最良，各邦之求美物、购良器者反取资于其地。故说者谓，倘各国闭关不与交通材物，势必束手待毙，虽属地极多，然远去万里形势隔绝，又何益哉！

伦敦地铁诚为奇绝

伦敦之地如物雕空

制作　机器制造之所无一不备，凡各国所有洵能集其大成。其异于他处者，附城内外火车铁道皆凿空地底，穿穴而行，一层、两层重叠为之，且有穿河底而过者，是上、中、下三道行车，诚为奇绝。穴底车道两旁仍有市肆，亦凿穴于上，嵌厚玻璃以收亮光。乘此车者，下石阶四五十级，买票登之，价亦不昂。其城内外之污秽，皆由地底开沟流去二百馀里之远，直达海中。又户有煤仓，皆窟于门首地下，煤车抵家不必入门，但启地面铁盖将煤倾入。凡此皆称奇制，故人谓伦敦之地如物雕空，难免一日倾陷之患，其说诚不虚也。

德都柏林

德意志之京师也，距法都巴黎二千六百里界，居欧洲之中，为君民共主之国。本名日耳曼，又名普鲁斯，后改今名。自战败法兰西虏其国主，遂乃称雄瀛海，列诸五大国之次。该国上下一心，励精图治，制造之盛甲于欧洲，故军械最良、机器极夥，为诸邦所莫能及焉。（制造之盛甲于欧洲）

政令　国虽有君，亦设上下议政院，每岁国用于前一年核定计数，征税不足则济之以国债、城债。若于额外特筹一饷、特增一税，必由议院议之，故税敛颇重。百货值百抽五，丝则半之，茶几倍之，烟酒亦然。货税而外尚有地税、房税、丁税、犬税，又于民户每年所入之款，计其多寡而征收焉。然敛重怨轻，咸以非国则不足保民故也。国中掌枢密者一人，各部亦只一人主之，谓所以一事权云。（税敛颇重）

民俗　丁口计一百馀万，合全国计之，约四千五百十九万有奇。民情俭约，习俗多文，近年孳生实繁，工商、农务渐形不足，故出游者日众，颇有远至南阿墨利加洲等处从事开垦者。俗凡男女六七岁必入学读书，少长分习他艺。婚嫁听自择，男以三十岁、女以二十岁为期，孀可再醮，与鳏可再娶无异。贸易之商船则有四千七百七十馀只焉。（有至南美开垦者）

疆土　都会并无城垣，全城周计四万七千密达（每密达约中国三尺），现犹日事扩充。合全国计之约五十三万九千八百十六平方密达。南界瑞士国，北界丹马国，海西界荷兰、比利时国，东界俄罗斯国，东南界奥国。

武备　国中常设陆路额兵四十馀万，战舰一百五艘，载炮共五百七十五尊，水师一万六千馀名。此外民尽为兵，战时可以尽数征调。其枪法、阵法、口号平时先行教练，每年仍调操十二期。带兵官弁均由武学堂中挑选，精于布阵、骑击、测量、绘画，屡考上等者，方授以职。武可以兼文，文不能兼武。每岁国君亲临大阅，计陆兵二次，水师一次，野战一次，操时与对敌无异。随操有制造营修理器械，建造营造拆铁路、桥梁，粮食营制备兵食，医药营疗治疾病，其讲求之不遗馀力如此。

军官选自武学堂

物产　土地所产与英法诸国大略相同，惟印书之石他国所无，皆取资于该国焉。

制作　制造之精，机器之巧，较之诸国诚推美备。其尤著者，如克虏伯之钢炮，毛瑟瑟之弹囊枪，刷次考夫之鱼雷，普鲁孙之铁炮台，皆他国所不及，而亦秘不授人也。至新创之防险船机，初成模式尚未制就。其制凡轮船舱面坐人之长杌，皆做成半只舢板式，中实以空气，并储以干粮。杌背有栏，另设帆樯于其上。设遇沉溺之险，可立将两杌合成一舟，制就钩搭，顷刻可以联属，较之舢板稳便过之。此器将来广行，实为苦海慈航焉。

防险船机

荷都哈克

荷兰国之京师也，距柏林一千三百里。此为新都，其旧都名阿蒙士得塘，相去百馀里，为今设赛会之所在。欧洲之西北地势坦夷，有低洼卑湿之患，荒泽甚多，当海潮盛至时，颇虞冲决之灾，居民恒筑崖岸以防之。

政令　世为君主之国，一切措施与英法各国大同小异。

疆土　东界日耳曼（即德国），南接比利时，西北距海，长六百里，广四百里，总计约四万三千里。

民俗　风尚似近俭朴，而民情则较他处略形刁诈。

武备　界居诸大国之间，故士卒亦加意训练，器械亦极意讲求，若少懈弛何以自立。

物产　向以所织羽毛著名，今亦不能逮昔。至钻石一项，实缘该国工作最精，匠厂林立，钻石皆萃于此以待琢磨，实非土产也。若红牛、奶饼、烧酒、陶器，则较胜他处云。 钻石工艺极精

制作　有著名长桥一条，在落得大姆地方，计长三百馀里，其上可以经行火车，为至比利时必由之路，相传为欧洲第一创制。此外则钻石磨砻之工，亦属独擅之技艺，为他国所弗及焉。

日都马得力

即日斯巴尼亚之京师也，距巴黎三千里。欧洲称之为西班牙，实即所传大吕宋国耳。国分四十九省，外此尚有属国，如小吕宋、古巴之类是也。此等属地相距皆数万里外，特由国家简授巡抚将军以镇之。

政令　世为君主之国，亦设有上下议政院，其制度与英法无异。现在嗣君年甫二十馀，英明之至，有为之主也。惟发财票一端月举三次，与小吕宋之月举一次流入中土者，同为弊政。虽济国用，然亦大失国体矣。

天时少雨地气极燥

疆土　国居万山之中，高悬海面计三百丈。天时少雨，地气极燥。东界地中海，西界葡萄牙，南界阿非利加洲之直巴拉达，北界法兰西，纵约二千一百馀里，横约二千一百馀里。

民俗　全国统计户口约十六兆。国既不富，民亦甚贫，惟骄奢旧习终不能革。世家大族每岁包马车、包戏馆两项，已需三千元，其他可以类推。惟室宇、市肆则较法都已形俭朴矣。

武备　兵分水陆，亦有额设及民兵名目。海口仅一面，故水师差少于陆。民兵则自十六岁起便当入伍。

产石五色具备

物产　向以烟叶为大宗，近则不逮古巴等处所产。惟葡萄最盛，资以酿酒，多至七十馀种。山中所产之石五色具备，夫固取之不尽用之不竭焉。

制作　凡诸机器为各国所有者亦无不备，亦甚讲求。惟开矿之具为较精，新建会所一区，陈列矿中器具与夫所采一切矿质，不胜缕指。缘境内多山，故矿亦甚多，而矿事自不得不考究耳。

巴都巴竦希

巴西国都城也。地居大西洋之南，沿海皆山，凭凌山海之雄，足为南阿墨利加洲诸国之冠。较之欧洲各邦又一朴野气象。考其地初无人迹，葡萄牙人越洋至此，开辟草莱，各国之人继之。今虽立国，仍借诸国之人成都、成市，与美国初立之情形大同而小异焉。

葡萄牙人至此开荒

政令　国家励精图治，一切步武欧洲。初以开辟草莱，故辄诱胁阿非利加洲黑人，及中土闽广沿海无业游民越洋工作。近以与我中土立约通商，故此令已弛，易为招工之请，监之以官，永禁苛虐。即此一端，亦可征其庶务之日臻上理矣。

民俗　土著之人不多，率皆客民占籍，种类庞杂，形貌参差。中土人初有二三千，近存三百馀名，皆前被诱胁而来者。各国之人及阿非利加之黑人皆备，惟葡萄牙及法国之人较多。虽为五方杂处，而风气尚形俭朴，马车较少，不逮街车之繁。街车者，任人搭坐之车也。于此亦可见俗尚不甚奢侈，故旅居者流，大有视为乐土之意云。

土著不多客民占籍

疆土　凭临大西洋，沿海山形绵亘矗立，且多有峙出海中者。南为智利国，西为秘鲁国，东北皆海。在赤道之南相距不远，故气候常温。惟山泽之间尚多荒芜未治者，亦有矿产待垦者，故亟以招工为务，盖舆地殊形广大也。

武备　海口两山合峙，如门左右相对。炮台二座，矗立海中，形势祓佳。天然关键，与中土虎门情形仿佛。兵卒亦甚精锐，马兵之巡街者昼夜循环不断，惟有额兵而无民兵，其制与各国少有不同焉。

有额兵无民兵

物产　地甚肥饶，产石甚旺。相传鼻烟甚佳，盖仍为葡萄牙人所制，咖啡、烟叶亦良。果实四时皆备，黄橙尤为繁硕。又传产茶亦多，惟土人不解焙制之法，故颇愿华人之至此也。

各项制作取法欧洲

制作　各项制作，如电报、电灯、自来水、火轮车船，一一取法欧洲，罔不咸备。惟街车一项多于他国，故长街短巷之地面，上皆装铁轨，纵横曲折繁如棋局。一车可容三十馀人，只以两骡驾之，其疾如飞，往来梭织，昼夜不断。楼屋高至三四层为止，无作七八层者。间多平屋，盖地广而民不多故也。

卷二 涉洋管见

序

人之有经济者未必有文章，有文章者未必有经济，有经济有文章则又未必有阅历。盖有经济而无文章，彼负管乐之具，蓄良平之谋，良法美意充溢心胸，考厥生平未尝著述，幸而乘时得志，旂常钟鼎，勋业昭然，无庸以空文自见也。不然怀才不遇，或且泯没而无闻矣，此不可兼有者一。若有文章而无经济，往往抗谈时事，议论朝章，希君上之宠荣，侍庸流之叹赏，甚至建万言策，作千秋想。岂知痛哭流涕，不必抱治安之谟；疏证通明，未必具忠清之略。坐论可，起行不可，夫亦何贵乎立言之不朽哉，此不能兼有者一。抑有经济文章而无阅历，将必执臆度之私见，信虚论于传闻。谓性情不甚相远，欲以王道化之，荒

有经济无文章者

有文章无经济者

远在所必无，胥以讆言斥之，宜夫终身为境所囿，而不知也。至于图富强而效法，求便利而取资，舍本逐末，失实务名，闭门造车，不能出而合辙，夫顾非未经躬亲目击之咎耶？此不能兼有者又一。翔甫袁先生固统经济文章而兼有者也，从游环海，周涉列邦。遇一山、一水、一物、一名，无不悉心稽考，极意搜求。乘揽胜之馀，轶群之识，极摹写采问之能事，荟萃而成书，颜曰《涉洋管见》，知不作寻常纪述观也。而特惜夫如先生者，亦仅仅一儒生、一末吏。彼苍者天，阨人已甚，不使之建功立业，而但使之立说著书，以成名也，悲夫！

经济文章兼有者

光绪十年甲申春二月世再侄同里陈衍昌拜序

泰西不逮中土说

今人之规时世以立说者，鲜不抑中土而崇泰西，几欲事事取法，不惜舍己从人。抑知其事有足取者，亦有不足取者；有极足法者，亦有极不足法者。其较胜中土之事，人尽能知，姑不具论，特举其远不逮中土者昌言之，以彰夫优劣，以考夫得失焉。

彰优劣考得失

以天时而论，中土四时咸备，气候均调；泰西则寒暑不时，冬夏乱序。有自古迄今霜雪不降之处，该处之人毕生不识六出花为何物。亦即有常年积雪不消之处，其为寒沍如何可当。有雨水极多之处，或日日淋漓，或时雨时止。亦即有雨水不降之处，或三年一雨，或五年一雨，或十数年一雨，其地大率不毛。有入冬多雾之处，或觌面彼此不睹，行则扬声以防相撞，止则不得其门，往往误扣柴扉，故英人有避雾之举，亦犹夏日避暑者然。至历数虽亦考求，然计日而不计月，以致月之盈亏毫无定准，亦属缺陷。 英国入冬多雾

以地理而论，中土江海拱环，湖山秀丽；泰西则越海数重，凭洋万派。或偏在一洲之地而绝少人踪，或空踞万里之区而大烦人力，或壤地褊小强敌比邻，或属地迢遥越国鄙远，安谧难期久远，争战实属堪虞。

以人事而论，中土首重伦常，次隆仁义；泰西则子不养父，臣玩其君，妻贵于夫，三纲沦矣。因夫妇之道不修，故婚姻之礼遂废，女年二十有一便纵其任意择夫，尽有屡择方配之人，不以先奸后娶为耻。青年碧玉到处求雄，皓首孤孀尽堪招偶，风俗之坏，一至于斯。较之墨子不入之朝歌，曾子回车之胜母，殆又甚焉！ 泰西三纲沦丧

此二大端也。若以字纸拭粪秽，以上巾批下体，犹其小焉者。

其他以言乎礼乐，则天子之居与齐民等，不过规模累大，而无森严堂陛之象。君主之容与君后之象，一任市肆悬以待沽，民间作为玩具，尊卑之分泯矣。八音但有金丝革木，而无石竹匏土，律吕之调难矣。 泰西尊卑不分

以言乎服御，则除土耳其一国被服离奇外，其馀各国相同，毫无分别，尊卑一式，贵贱难分。夏无纱葛之适体，冬鲜裘絮之章身，但有车马之劳，而无篮舆之适。妇

女裙长七尺，徒扫垢尘；帐帏高悬一丈，难拒蚊蚋。

冬夏皆饮冷水

以言乎饮食，则无分冬夏，均啜冷水凉醪；不解烹庖，但识牛脂羊肋。传餐无几，徒劳器具之繁；式食庶其，不胜仆从之瘁。羹汤绝少，珍错全无焉。

赋税繁重

以言乎政治，则暴征苛敛，亘古罕闻。竟有按照物价所值如数输纳；或查得偷漏，则递加十倍、百倍以示惩罚。或有地税，或有丁税，或有身税，或有屋税，或有招牌税，烦重极矣。取之不厌，民何以堪？又复尊尚邪教，任其横行，竭民脂膏启造礼拜堂，以有用之钱置之无用之地，殊堪骇异。至于律不载惩奸之条，妻可以置妾控夫，尤为可笑。

此外，则倒置失宜者，囹圄之反为天堂也；居大不易者，食用之贵如珍宝也。五伦不修而五谷不备也，百药不详而百草无香也。由此类推，更扑难数，惟上下一心，戎卒百练，器械精良，道路整洁，自属差强人意。

不用极刑 绝少殴詈

以余观之，则别有所取，厥为二端：一则朝廷不用极刑，深合古圣王不忍之心；一则民间绝少殴詈之事，所谓孔子家儿不知怒，曾子家儿不知骂者，骎骎乎此风，不期于海外遇之也。

中西俗尚相反说

泰西风俗与中土较之，有从同者，有略异者，相去数万里之远，原不足怪。乃竟有大相反背者，约略举之，虽不悉备，亦可俾识高千古之人品其得失焉。如中土尚左，泰西则尚右。中土男贵于女，泰西则女重于男。中土一男可以兼妻妾数人至数十人不等，女子只事一夫；泰西则一女可以适数人，而男子不得兼妻妾，虽君主亦然。中土男女婚嫁悉听父母之命、媒妁之言；泰西则自二十一岁为始，男女自主之。中土所重，重门洞开，四窗八达；泰西则有户必闭，有门必掩。中土每值坐餐，必宽礼服以为适意；泰西则必整礼服乃可大餐，家常亦然。中土服劳奉养，妾妇之道；泰西则执役指挥，夫男听命。中土男正位乎外，女正位乎内，内言不出于阃，外言不入于阃，故妇女以谨守闺门、不出户庭为美德；泰西则妇女专务出游，裙钗遍乎街市，巾帼杂于舟车，夫男不得禁其出户，违者控官系狱。中土男女授受不亲，泰西则男女握手为敬。中土以唇吻相承为狎谑，泰西则以口吻偎亲为敬礼。中土以字纸为最重，到处劝人敬惜；泰西以字纸为最贱，大便皆以拭秽。中土戒饮凉水，以防坏腹；泰西务饮冷水，以为除热。中土酒必温而饮之，泰西则皆冷以尝之。中土进食，肴馔居前，羹汤居后；泰西则先之以汤，继之以馔。中土贵山珍海错，而贱鱼肉；泰西则崇尚鱼肉，而弃置山珍海错。中土以牛为耕种之需，而戒食其肉；泰西则专食其肉，而以马耕种。中土妇女衣必蔽体，最耻袒露；泰西妇女则上露乳臂，下不着裈。中土男女有别，不同椸枷；泰西则男妇澡浴同盘，便溺同厕。中土靧面之器不以濯足，浣手之巾不以拭膝；泰西则靧面濯足同此一器，拭唇

中土尚左泰西尚右

泰西婚姻男女自主

泰西妇女专务出游

泰西以马耕种

浣体即此一巾。中土食则不言，多言为人所笑；泰西食时必言，不言则疑为有疾。中土君贵民贱，銮舆不轻出宫，出必警跸；泰西则君与民服御不分，时时轻车入市，或入戏园。中土状师讦讼，例有明禁；泰西则状师极尊，讼必索费，明目张胆，权重于官。中土囹圄极苦，坐卧不安；泰西则狱犴极佳，胜于家室。中土非有重罪，不得戮尸；泰西则因病致死，必将尸剖。中土身无长物，乃为乞丐；泰西则必恃一物，乃可乞钱。中土年少者不蓄须髯，必壮盛乃不剃除；泰西则弱冠必有须髯，及壮盛乃反芟剃。中土妇女必无须髯，泰西则妇女恒多鬑鬑满面。中土以整冠为敬，脱帽为不恭；泰西以脱帽为敬，整冠为不恭。中土人以手代算，屈指计数；泰西则以伸指计数。中土以刀削物也，其刃必向外；泰西之削物，其刃必向内。中土主人宴客，礼居末座；泰西则主居首位，待客反次之，其他以次而降。中土主人宴客，主妇深居，避而不与客晤；泰西则主人宴客，必主妇出陪，且须挽上客之手把臂入席，及离席时亦然。中土主客相晤，未序寒暄，先叩姓字籍里；泰西则尽管交谈，不诵姓氏，或因话谈絜合，乃互以名刺相易。中土师教尚严，威以夏楚；泰西则专尚宽，师弟不啻友朋，从无疾言遽色。中土少年子弟最忌嬉游；泰西则日事游嬉，且纵令征逐，放学之期极宽。中土层楼以极上为尊；泰西则以极高为贱，凡四层五层以上之楼房皆婢仆辈所居。中土妇女之发取其光泽，取其纯熟，色则重黑；泰西则取其拳曲，取其披蔽，色则重黄。中土妇女指爪以

泰西食时必言

泰西以脱帽为敬

泰西宴客主妇出陪

泰西以楼高为贱

尖长为贵；泰西则务剪去其甲，以如椎为佳。中土凶礼乃尚白，而吉礼则尚红；泰西则吉礼反尚白，而凶礼专尚玄。中土既餐乃拭手面，泰西则未餐先拭手面。中土以玄色为贱服、为素服，泰西则以玄色为贵服、为吉服。中土妇人被人平视评论，以为耻辱；泰西则任人审睇端详，以为荣幸。中土朝廷务以薄赋轻征为贵，泰西则不以暴征苛敛为嫌。中土殷实之户库藏务侈丰盈，泰西则富厚人家银钱尽寄他所。中土妇女以袒裸为嫌，男子则否；泰西则男子以袒裸为嫌，妇女则否。由此类推，何可胜数。所最可骇者，中土父慈子孝，谊笃天伦；泰西则父不恤其子，子不养其父，既冠而往视同路人。中土女慕贞洁，妇重节操；泰西则奸淫无禁，帷薄不修，人尽可夫，种皆杂乱。噫嘻，风俗之相反至于如此其极，亦乌足以立于人世也耶？

泰西以黑色为贵

火轮船不足恃说

且自刳木为舟以来，涉川之利一迄于今。迨泰西制火轮以代帆楫，不藉风之力，不顾流之逆，而瞬息千里，捷于奔马，利转输，便师旅，盖尽美尽善，蔑以加矣。不知此法先始于中土，盖汉代祖冲实创其制，以其有利而不能无害也，故其法不久即废。西人矜其智力，精益求精，一国倡之，各国效之，以至目下问国之富强，数船以对。中土亦遂转而师之，设厂制造，不遗馀力。噫嘻，以言乎转

轮船便利运输

中土亦设厂造船

输，以言乎行旅，诚便捷而快意，奚必待乘长风乃可破万里浪哉？此其船之可恃者也。若用以资军旅，则千里、数千里之地亦属得力，若万里、数万里或十数万里，则大不足恃，此其故人不知之。西人既利其船，又利夫人之不知其不足恃也，而其计乃大得，而其谋乃无不遂。余既亲循地球，由亚细亚洲至欧罗巴洲，遍历各国，又由阿非利加洲至南阿墨利加洲，绕游北阿墨利加洲，五洲已遍。因规其全局，各洲相距皆在数万里外，而以至中土为较远。即以欧洲各国而论，越地中海、红海、印度洋始抵南洋，以火轮之捷尚须四十日之期。此四十日中所需之煤炭，所需之糇粮，该船虽大，不堪载足也。或距三四日之程而泊一码头焉，或距七八日之程而泊一码头焉，极远之程以十日计，未堪再展。其泊也，非息人力也，非息船力也，为煤炭计，为糇粮计。无以接济之，则船不能行，而人且枵腹也。试问舟虽极坚，而或不能行，则坚亦何益？兵虽极强，而或且枵腹，则强于何有？西人忧之切而谋之深，故于由其国中达我疆土之海道中极力绸缪，悉心规画，经数千里，必立一码头，预储煤炭、糇粮等物，克期以待。船一停轮，便即装载三时之久，满载而行，节节如是，不敢疏误。中有钵碎一码头为沙漠无人之境，亚丁一码头为亢旱不毛之区，锡兰一码头为波涛极涌之岸，皆以人力垦治之，重兵扼守之，今则俨然岩疆重镇。若近我中土之新加坡、西贡等处，则不烦人力，本属经由扼要之道，所由视为奇货，踞为口岸二十馀年，知进而不知退至于如此。殊

各洲皆相距数万里

轮船需途中接济

不知，即费如此人力于其所经行之地，而既已越国鄙远深入我疆，即我坚壁清野不与之战，已足困之。盖旷日持久，彼自疲于奔命，瘁于转输，势必支持之不暇，安敢鲁莽以争锋？倘使我以强兵阻其归路，断其接济，而以弱卒诱之深入，将不浃旬而煤炭绝，不再旬而兵食罄。则彼兵虽强，更何从逞其强；彼舟虽速，亦何从逞其速？当是时也，纵曰船坚炮利，不过成为炮台一座而已。炮台孤立于水中，其药尽弹竭，可立而待。然则火轮船之不足恃，不既昭然若揭也耶？兴言及此，实足以寒其心而破其胆。而彼乃亦若有恃而无恐者，则以藐视外人之未能悉其就理故也。余既窥见隐微，自当昌言于众。俾知彼兵之强，彼炮之利，如鞭之长不及马腹，特以火轮船故敢逞志于我中土耳。火轮船乃大不足恃如此，则亦乌足惧哉？会见其敛兵自固、闭关不出之日，固可翘足而待之也。 旷日持久 支持不暇

吕宋烟亦耗财说

自历泰西，而叹吕宋烟之耗财实甚焉。考吕宋烟即中土淡巴菰之类，但一则卷而吸之，一则筒而吸之，为小异耳。以其产自吕宋，故中土人名之曰吕宋烟。又因泰西呼为“夕盖”二音，遂译作雪茄二字。年来中土亦遂盛行，盖从事洋务者，虽官场亦津津尝之。然每支贵者二三十文，贱者数文不等，既已亲入各国都郡，始知此物税则极重。各口关津稽查严密甚于鸦片，偷漏科罚亦极重。大率 吕宋烟 征税极重

每百支一箱价值不过一二元者，而征税须至三四元。惟每人例准随带自吸之烟以五十支为限制，逾数乃以偷税论。以其税则之重也，市价遂因之大昂，竟有贵至半元一支者，极贱之货亦须二三十文一支。而西人不分贵贱，莫不呼吸。即以日食四支最少之数为之核计，每人每日贵则已需二元，贱则亦需百文矣。较之中土人之吸食鸦片者，又何以异？故鸦片烟为耗财之物，吕宋烟亦不得不为耗财之物。然耗财之处在是，生财之道亦在是。初惟吕宋独产之，近则大西洋一带延及美国，无处不以种植为务，如耕稼然，不遗馀力。即招人从事卷烟者，数至十有馀万，一人可月得工资洋五十元。举此一端，亦可想见其盛焉。彼谋国者，务纵鸦片烟流入中土耗我民财，而不顾吕宋烟之入彼境中耗其民财。岂非以吕宋烟但耗民财，而不至伤民力乎？既不至伤民力，似又与淡巴菰等，而不得与鸦片烟例。然后知鸦片烟而不致弱夫民也，自何妨视同淡巴菰，而不申禁令，从可知吕宋烟而或致弱其民也，势必将视同鸦片烟，而力图杜绝。此固彰明较著之理，夫岂不知？夫耗财实甚哉！

吸烟每日耗费不菲

各处争相种植

天主教穷源论

窃以华夏往古之时，去圣人之世未远，尚且邪说横行，异端蜂起。则开辟在中土数千年后，从未经圣人莅止之区，亦何怪其专逞邪说，竞奉异端，执迷不悟，罔知其非，如泰西所奉之天主教哉？天主教视耶稣如圣人，彼不知圣人，即以耶稣为圣人，亦固其宜。其立意劝人去恶从善，亦犹是中土奉圣人之教者相率戒人之意，充其量原不足语夫圣道，推其心似犹不悖乎圣道，无如奉行之人积久弊生，变本加厉，种种悖谬大害生灵，迄至今日抑且蔓延及于中土。噫嘻，此固往古圣人所能逆料于先幾，而不能遏止于后世者也。说者谓，中土亦常有异教流行，与民杂处。如回回教者，夫固历年数千，遍满寰宇，而顾安之若素，不干禁令者何耶？则语之曰，彼但自奉其教，无强他人入其教中之事也。且彼教之异于中土者，亦不过不食豕肉耳，其三纲五常则一也。况此数千百年中，惟有出彼教入我教之人，从无出我教入彼教之事，夫固昭昭在人耳目间焉。彼天主教倘亦犹是，则中土之大夫亦何所不容，君恩之宽夫亦何关禁令？无如其暗昧不明，蛊惑罔忌，有一网打尽之心，无一时或息之意。彼西人者，固惟利是图者也。试问倘无利益，倘无大利益，彼亦何不惮数重洋之跋涉，数万里之奔波，通都大邑、僻壤穷乡，无所不至、无人不招耶？须知有利于彼，必有害于此，彼专其利，此蒙其害，日深一日，伊于胡底。说者又谓，彼之所利实不见闻，此之受害似亦无据。虽彼诱此投，日见其众，然并无谋为不轨、叛逆不道之迹，何不可与回教视同一例，包容于天覆地载之中？则语之曰，彼废祭享、灭人伦，乱闺阃、污名节，即此二端伤我古风、败我民俗，有甚于洪水之横流、禽兽之食人者矣。况加以袒归教之人，紊国家之

奉行之人积久弊生

西人惟利是图

伤我古风败我民俗

法，在彼之用意，不过借以惑众人之心，招众人之迹。而奸徒匪类，每至托其宇下，赖以潜身，故彼教归心之辈，大率皆我朝骫法之徒。平心而论，亦当自怍，而反讶我民人之不尽相从，恼我国家之不为推阐，夫亦不恕之甚，不明之甚，亦即不仁之甚，不智之甚矣。按此事法兰西一国实主持之，故与各国立约，罔不首载简书。及亲历今义大利都城，即古罗马国旧治，始知教王实居其地。当日极盛之时，教王权在诸国君主之上，一切政令可以专之。诸国君主之朝觐教王也，膝行匍匐，莫敢仰视。有许其进至膝前一嗅足趾者，荣逾衮冕。或令某国征伐某国，某邦袭灭某邦，皆一遵指挥，无敢拒命。义大利君主某不善其所为，某岁率师征之，力战大胜，遂与教王约，但令专以行教为务，不得干预地方政事。其所居宫室巍焕恢宏，各国王宫莫之与京。既尽夺其政权，并将其宫室大半入官，仅以二千馀间付之，听其栖止。至今，该教王闭户默居，将教事悉付二大臣主之，盖以顿失重权为愧也。义主亦遂迁都于其地，以逼临之。罗马去法兰西界尚数千里，不解法之君主何以专意崇奉至于如此其极。若英吉利者，亦曾不善其教持，别立一耶稣教名目，俾其民信奉，亦不强他人之入其教，洵属卓有见地。至今信从者半，不信从而仍入天主教者亦半。及历法境，察其国中固以天主教为首务，教堂之崇焕众多，亦可与罗马相埒。然其民人亦多有不在教中，不善其教中之所为者。然后知彼教今且大衰，不及当日之盛。今日之信奉者，仅法兰西一国，他国实不相

教皇权势极盛之时

英国别立基督教

关。况法国亦尽有不愿信从之人，故专务行于中土耳。倘与之立约，只许任人信从，不得以人招诱，依然祭祖祀宗，绝止临婚莅死，则与耶稣教、希腊教又何以异？我国家亦何不可视同回回教，而曲意相容；我良民亦何至视同仇雠，而群相痛恨？然而彼教必不能也，必不能则其心实不可问，而其迹实有可疑也必也。其别我民人之入其教者，立为教籍名目，只准终身为民，不许应试入官，示不得与齐民齿。其亦分泾别渭之一善法，而不致资其藉口焉。则其教虽行，而我良民定不致受其惑，而罹其害矣。贬异端即以崇国体，所冀秉国之钧者，熟思而审处之，毋贻万世之悔焉可耳。

鸦片烟探本论

鸦片烟之流入中华也，百有馀年矣。耗我中华之财，弱我中华之民，其为祸也甚烈。我中华以其来自外洋，遂呼之为洋烟。以英吉利实专其利，遂疑为产自英国。及抵英境，则遍地桑麻禾黍，绝无所谓种植罂粟者。即历游各国，亦莫不然。并查得各国关津定章严查此物，不准入口，违则科以重罚。惟医者或用其膏搀药水中，奉官允准，然税则亦重，且禁其不得以膏售人。究其产自何方，则惟有南洋之印度一区，实专务种植之地也。印度距中华一万馀里，距英境二万馀里。英人利其地，不惮越国鄙远，逞兵踞而有之。任令以罂粟为务，而恶其大害民生

鸦片为祸甚烈

各国严禁惟可医用

也，严申厉禁不准入口；又贪其可裕国用也，令于收获之后尽数售于英廷，由官再售之于商，纵使来华，不准民间私相贸易。闻印度土人初售之价，每箱不过八十馀元，乃经官经商一再加价，及至中华陡增数倍。噫，其但求专利于己，不顾贻害于人。静言思之，忍莫忍于此矣，亦酷莫酷于此矣。乃不期天心悔祸，理渐循环，遂致中华亦产此物，如云、贵、川、陕、江、浙各省地方种植颇旺，利倍桑麻。而印度之贩来者，其数反觉渐积短少。亦犹茶叶一项，向惟中华专其利益，近则印度所产亦渐繁多，而中华所产颇形滞销之故。更不期天牖其衷，英国仕商中人大有悯其为害之意，年来忽立禁烟之会，将图不准种植、不准贩卖。会中人数日渐众多，会中议论日增阐发。虽事之举行骤难期诸旦夕，而既有此挽回之机，自是生民之幸。所异者，此百数十年以来，他国禁民吸食，拒绝入口，英人亦遂听之；中华惧民吸食，拒绝入口，英人独不听从，且兴师焉。似此歧视邦交，何以成为与国？亦既引为与国，便当反其所为，不然，则亦何足以称雄泰西，忝居诸国之首耶？使我中华执此一词向之致诘，照会各国公定是非，恐彼英人断难强词夺理，而以曲为直也。不必张百万之师，自已钳其口而夺其气，所谓折冲于樽俎之间者，不犹是耶？倘其置若罔闻、付之不答，则情虚理绌已有明征，既无以示诸国公平之概，即无以立其国于天地之间。其国虽强，其心已弱，败亡之日可立而待。抑又有说者，使我中华纵民种植，宽民课税，俾客货不敌土货之多，洋产不

但求利己不顾害人

忽立禁烟之会

中华禁烟英人兴师

及华产之贱。斯时也，使彼欲居奇而势有不能，欲减价而理又不可，则来源因滞而便塞，财力遂阻而不流，亦未始非补偏救弊之一法。盖民力则同，一弱于内，而财力则不致漏于外。然非识高千古、灼知百世者，见不及此也。既不能声罪致讨，大张挞伐之威；又不能执理力争，令其无词以答；更不能弛禁导植，碍其贸迁之途，而徒日事姑容，听其获利，且复遑加税之谋，以自困其民力；申种植之禁，以广彼之销途，其迹太愚，而其计亦左矣。况当此天心悔祸、天牖其衷之际，顾仍不加以人力，亟图杜绝之谋，而欲令其自消自灭，自抵于廓清之世，不亦大负我国家数百年养士之深恩，而贻后世亿方人无穷之隐痛也耶！余既躬历其境，窥见隐微，合当陈之广众，播遍寰区，聊当刍荛，藉期采择，冀尽人事以合天心，非敢效横议而邀虚誉。世之览者，其亦有感于斯言？

日事姑容听其获利

苏彝士河记

苏彝士河亦名苏爱斯，亦名新开河。地当亚细亚、阿非利加相联属处，属埃及国。法人勒色布斯创凿为河，以通舟楫，谓自亚细亚至欧罗巴可省却水程二万馀里。此二万馀里中，即轮舟捷速，亦须历二十馀日，乃可由彼达此。既有此河，不过两日之期。时日之相较也速，风涛之可虞也免，石炭之可省也多，厥功实无既极。闻其经费之浩大，虽中有两湖（一为延莫薩湖，一为盐湖），因势利

省却水程二万馀里

工程耗资巨大

导，然已耗金钱数百馀万矣。又闻当河之未开也，滨河一带往往十馀年不得一雨，河成后雨水稍密。惟河道甚狭，仅容一舟，有来舟相遇时，须于宽处暂停以让，故闻英国现有另浚一河之议。河水深三丈，虽极重之舟亦可行驶。惟河中定章不得任意趱行，务当缓缓展轮，以免水势激荡致损河岸，故虽三百馀里，必两日乃得出口。至其修捞河道之工，则固常年不能间断，惟恐淤浅致碍。按：此河之工役为法人首创，以其地属埃及，遂乃两国共主之，继以英人大助经费，遂又三国共主之。今则取道此河者，每吨货须纳洋银二元，每客亦纳二元，以助经费。其款隐加于船价、货价中，是收利之溥又未可限量。然则观于此河，固不得不服其谋深虑远、有志竟成焉。是乌可以不记？

河为埃法英共主

钵碎驿记

新开河而成钵碎驿兴，缘舟楫往来必须停泊于此故也。其地本属沙漠，既无草木，遂无居人。今则日易状而月改观，百货云屯，俨成市肆。舟中所需石炭之属屯积陆岸者，为数尤不可胜计。海次煤舟罗列成行。盖去此南则须抵亚丁，北则须抵义大利之拿波利，方有码头。迢迢九千馀里，恃此作接济计，所由视为要隘焉。夫以沙漠无人烟之境，不数年间竟聚集人民至万馀之多，虽曰利之所至人争趋之，然不有人力、地利，何有故履其地者？莫不欷歔慨叹，而归美于凿河者之厥功殊伟焉。至其地，译称钵

昔日沙漠渐成市肆

碎，又译为波利寨，盖字音约略云。

火山记

自越印度洋，即闻客言火山状，姑妄听之。迄渡红海，过地中海，将履义大利境，又有客指前途山巅之烟缕缕者，曰此即火山也。初以为山皆出云，无足异焉，仍姑妄听之。及抵拿波利，舍舟登陆，假寓客舍，舍楼四重，左瞰火山如在睫下。细审之，有云一缕自山巅出，入夜则上为云下为火，色熊熊然，光耀骇目。越日，乘车直诣山下。车本驾两马，至是又增一马，迤逦盘旋不知几十百折，始达山腰。其地栏以木栅，有人盘诘。由此再登，直至机器室外。下车入室少憩，便乘机车。车式斜立，座分三层，可容十二人。吹号二次，机器展动，车自缘铁索而上，山形壁立而循轨极稳，约两刻许造巅车止。又以肩舆舁行碎沙中，舆人持杖助力，防失足也。既至绝顶，舍舆徒步，距出火处三丈许乃止足焉。但见浓烟从山中窟直冲霄汉，且时作轰隆声。于烟中涌出纷纷红片，大小不一，落地便作黑色，似煤非煤、似石非石。及其热时投以铜钱，尚能含入，盖初犹软，缓则坚也。立既久，觉热气甚盛，且洞口土石色若硫磺，隙际杂出烟焰，凛乎其不可久留也。俯视山趾，则大海当其前，民居环其下，车轨一道细于羊肠，摇摇然若悬旌。吾不异夫山之高、路之峻，特异夫不劳而陟、如履平地，则斯人之巧思奇制，诚卓绝乎

维苏威火山

夜观火山光耀骇目

乘索道上山

近观火山口

千古，而非前人所意想得到也。山之东又一峰，亦有焦灼痕。据引导人云，火车从彼处出，继彼塞此通，正不知几何年。又云，前二十年（即咸丰八九年间），此山曾涌泻一次，如冶炉中倾出铁汁者然，所过房屋、人畜以及草木，皆荡然无存，至今形迹宛在。因由窟前察之，尚作黄色，以下则或紫或黑，坚者如石，散者如土。仍为波滐旋涡状散漫而下，直至山前数十里之远，历历可指，缘是处至今仍未生有草木故也。又云，二千年前亦曾涌泻一次，则全境成墟，人民无一免者。噫，为祸之烈至于如此，又岂洞若观火者所能料及哉。山腰以下草木蓬蓬然，果实离离然；沿山至海则禾黍芃芃然，人民扰扰然。人言山无水则不能滋生，故不毛之童山形皆濯濯，以其下无泉故也。若此山有火，乃亦能滋生，可见水火皆能生物。其理之精微处，格致家定能详究之，吾不敢赘。游事既毕，循径下山，则已六街灯火，如入不夜之城矣。抵寓，篝灯泚笔记，以识奇观焉。

火山爆发为祸甚烈

潘比阿古城记

相传海外立国最古者莫如罗马，谓与中华不相上下，然莫可考也。百馀年前，义大利旧都拿波利地方火山之南，有人掘地及泉，忽睹城郭屋舍状，骇焉。相率搜掘，愈觅愈广，迄今已显露街市若干区，室庐若干椽，庙宇、衙署、货肆、浴池无不有焉，其墙垣涂饰处彩色依然。国

百馀年前发掘庞贝

家派兵士监守，不得擅动，而将所获之器，若铜、若铁、若瓦、若石，皆分别洗涤，收藏一室，并刊刻成书，描摹入画，以供人玩审。其款识则固罗马国故物也。因考得二千年前火山忽然吐焰，喷注南山之下，惨将全境城郭人民埋没地中，有室庐完好而人尸则僵如铁石者。今犹存男女若干躯，盛以琉璃匣任人纵观，其他髑髅及各种禽兽之骨殖庀置室中，不计其数。至于珍异之物，闻有某国愿以银千万易其半去，以作赏玩，而该国不愿也。今岁皆送往荷兰国赛珍会，诚可称为希世之宝焉。余既登火山，复从引导人至此城，由城而市而衢而庐，四通八达，罔不周历。噫，此真人间一大骨董，惜不能携向瀛洲，一沽善价，相与欷歔慨叹者久之。因思中国十八省加以口外新疆之地，幅员辽广，远迈前古，其间埋藏地下者，岂乏数千年前古城、古物，特无人穷搜而力究之。即偶得一二，亦必秘藏私有，国家不得与闻，因之沉沦不显，淹没无闻，殆未可以胜计。使效法乎此城，启之沉渊，示诸白昼，俾后之人履井垣而追思，抚杯棬而感慕，亦何至有幸不幸之分耶。然则斯游也，吾不幸睹古人所用之古物，而大幸入古人所居之古室，故留连户牖，彳亍庭阶，殊有依依不忍去之意云。

火山喷发掩埋城镇

因思中国地下所藏

火轮车记

舟以行水，车以行陆。舟既可以火轮取捷，车亦何不可？以火轮取捷，泰西久已创行，往年曾于中国上海地方小试其端，咸称精绝。其时，沈文肃公力持不可，故未一载即毁去。今乘轮舟从海至义大利之拿波利都城，舍舟亲试其车。厥制机器一车，六轮架之；石炭一车，四轮架之；二车当前牵引，此后各车联属，可积至数十辆之多。客车分上中下三等，货车少异其式，至于牛羊骡马之车，瓦木土石之车，各式不一。机车既行，众车随之，其迅速如箭之离弦、鸟之展翼耳，中但闻风声而已。竭一日之力可千馀里，亦有日夜长行者。每穿山洞而过，虽昼如夜然，当将入洞口时则已倏忽燃灯，盖以电气引火遍及各车之中也。车道所经之处，节节置人守卡，手掌白绿红三色之旗，届时分别展扬，以示驾车之人。若轨道无碍则以白旗示，驾者于一二里外了见，即驶车畅行无所顾忌。或轨道小损急修未竣，则以绿旗示，车遂缓行，聊作停顿以待之。倘轨道大损或突被急流冲没，整理须时，则以红旗示，车遂勒止不前。如有搭客在踮次守候，亦以红旗示，俾止而登焉。入夜则以色灯代旗。其防备之周至如此。又沿途更换机车，煤车亦按时整备以俟，无或稽迟。车中可坐可卧，可以促膝谈心，可以当窗远眺，颇不寂寞，至足怡情。较之轮舟，既无风涛之险，遂无眩晕之忧，且同一不翼而飞、不胫而驰，人则逸而不劳，期则速而不淹。虽起古人于九原，亦当惊为奇绝。彼驹称千里，仅一人骑耳；若此，虽千万人，虽千万里，无难立至焉。然则世所艳称千金市骏者，视此瞠乎后矣。

上海曾试行火车

三色旗示铁路信号

入夜以色灯代旗

大教堂记

噫，不至罗马乌知教堂，他处虽大，此处尤大耶。不至罗马又乌知教堂，此日犹衰，当日诚盛耶。罗马一境教堂林立，以教王向都于此故也。其中之极大者有二，传为耶稣二大门徒所立。二大门徒者，如释迦之二大弟子文殊、普贤然，殁后即各葬于堂下。其堂皆以白石及花石累筑而成，高至五六十丈，冲霄凌汉，莫之与京。楹柱之石有三人合抱者，石色更佳，或如玛瑙，或如翡翠。壁则以各色碎石，嵌磨人物故事，直与绘画无异。层层所履之地，亦嵌磨作各种锦毯花样。正不知耗费几千万金钱，经历几百年时日，乃获此巨观。此二堂之所同也。其少异者，一则门前恢郭，中矗砥柱，高数十丈，左右自来水亦喷涌作十数丈之高。堂左为教王之宫，右有库房，藏庀历代教王之衣冠、器皿，贵重无比，缘镶嵌珍宝皆希世无价之物。一则屡经兵燹，少毁复修，堂前已完好如初。堂后尚经营伊始，然开工已六十年。据云再六十年或可竣工，其工费亦可想见。历代教王皆留有画像，一一摩嵌壁上，面目如生。又由石级千百盘旋，登至承尘之巅，仰视屋脊，尚高数丈，其间足容万馀人，真可骇焉。其他各堂或供耶稣临刑所履之石阶，或供耶稣当日澡身之浴盘，或陈所留足迹之石块，或踞曾匿教徒之地窟，规模较隘，皆无足称云。

耶稣门徒葬于堂下

教皇宫殿

义法道中山行记

自拿波利之至巴黎也，计程四千五百馀里。乘火车行才五日之期，中有朝发而夕至者，有朝发而不及夕即至者。沿途往往洞穿山腹而过，如长蛇蜿蜒入窟者然，一日之间历十数洞或数十洞不等，有深至三十里者。时或仰视山巅，铁道横空俨同蜀栈，御者曰此峨峨者，吾车行将履焉。未几俯视山腰，车轨依稀如坠涧底，御者又曰彼迢迢者，吾车仍将度焉。乃悟此车盘旋于万山中，倏致人于青云之上，倏致人于沉渊之下，而人坐于车中不自知焉。至涧断处，两山相去或数丈或数十丈，则以铁桥联属之。车行其上，如万马奔腾疾趋而过。斯时俯首下方，万仞深潭，令人不寒而栗。及径绝处，乃凿石以通之。其始凿也，山之腹若干人，山之背若干人，同日工作，计日而成，何日何时当两相遇，能克期先以示人。及其事竣，事不差毫黍，其测算之精也如此。噫嘻，吾不异夫山径之奇险，与夫车道之曲折，独异夫若而人者，任事之力何其锐，成事之志何其坚，而计事之期又何其审。抑闻当山道未开、火车未行时，此数千里中人踪绝少，地亦荒芜不治。今则禾黍盈畴，桑麻被野，村居屋舍络绎不断。而人民之循此车道贸易以图食者，盖又不可胜计。然则工虽费，用虽繁，而获益之处固茫茫然其无津涯，亦绵绵兮其无穷期焉。彼拘守绳墨，不期远大者，正未可同年而语

沿途穿山越岭

凿修隧道测算精妙

火车通行带动发展

耳。车行既止，乃援笔而为之记。

瑞士能湖山记

当义大利、法兰西两国之间，介有瑞士能者，固滕、薛、逼阳类也。国仅四省，在万山中。沿山之趾，湖水联属，岚光波影，风景绝佳。入其境者如置身图画，令人作江南浙西想。四方游人担簦跋涉，而来者踵相接、趾相错，虽妇女亦然。以故山之层叠处各有客邸，极山之巅且为楼五六重，高矗云表，皆为游人止息所设。食之地可容坐百馀人，器具精良，饮馔丰腆，所以便夫游人者，无物不备。济胜之具，得未曾有，尽可乐而忘返，任意流连焉。湖面辽阔而迂远，约略有数百里之遥。小艇往还，为日不足，则有轮舟舣于湖边，以待游屐之集，随时渡登彼岸。舟中坐具亦精，食物亦美，无异居室者然。依山傍湖人家各具幽趣，种花及垂钓随意所适。仰瞻山巅之游客，一一行云雾中，或露或隐，依稀可指。山径纡曲而高峻，则有火车以省足力。车制与登火山之机车不同，盖一则以索引，一则以齿啮。车轮之中增一齿轮，其式少大，轨道之中亦增一轨，为梯级形。其陟也，火机一车殿于后，机既鼓动旁轮行车；齿轮则专啮梯级，俾其可进而不可退，故车行极捷而人坐殊安。其降也，火机一车导于前，但缓其机、勒其齿，已沛然如流水之就下矣。机巧若此，夫岂他处游山所可得而有哉！至其湖山称胜处，壮丽有馀而秀

瑞士风景如画

湖中游船往来

登山机车与别不同

媚不足，倘结窠而隐，吾无取焉。

赛鱼大会场记

光绪九年（即耶稣降生之一千八百八十三年）夏五月，英国举行赛鱼大会。罗致中外各国江湖河海所产之鱼及一切渔具，萃于一区，纵其人民暨他国之人民旷观博览会，以资考究。觉当年鲁桓公矢鱼于棠，陈鱼而观，断无此盛，诚创举也。会所纵横约数十亩，建屋高深宏敞，迤逦联属。一国之物区分一处，各从其国张悬旗帜，逐物标名，秩然不紊。来观者先于门外各输洋银二角五分，掣给寸纸，持行无阻。其中之鱼巨如吞舟，小如针芥，罔不咸备。凡宜蓄养者，或作沟池，或设盆盎，或以琉璃为墙壁，注水其中，分别种类排列蓄之，任其以游以泳，俾人平视。水能自注自泻，去浊易清，洵称奇制。其不宜蓄养者，或涂以药物，俾其不馁不腐，巨则矗立俎上，细则悬挂屏间。抑或浸以药水置于琉璃器中，鳞甲具全，与生者无异。又或剔去鳞肉，仅存骨殖，必全必合，令人审察。又或去其鳞骨，制为干腊，置器分售，令人品尝。更以土若蜡抟肖各种形质，杂列其中，真伪莫辨。仍复描绘为图若影，张诸壁间檐下，穷形尽相，不失纤毫。非惟鱼也，从其类而推之，如鼋、如鳖、如龟、如蛇、如虾、如蟹、如蛤、如螺，一类可数十种、数百种，极之数千种，纷纭错杂，目为之眩。即以鱼为食之鸟若兽，千百其群，多有

大小鱼类皆备

陈列方式各异

不识名者，亦莫不罗列其中，并肖其食鱼之状焉。渔具则网罟之属不知凡几，钓竿之属不知凡几，罾箭之属不知凡几，叉索之属不知凡几。盖一国且不止千百其式，合之数十国，自未可以搂指数。况又推及于雨笠、烟簑之类，巨筏、小艇之俦，一一具陈，何堪限量。在观者以为美矣备矣，蔑以加矣，而当事者犹以为未也。则又取夫湖海巨浸捕鱼之状，河港细流取鱼之形，或范以泥，或图以纸，务极其能事以形容之，而渔翁渔妇、老妻稚子之状貌又毕现矣。噫，以鱼而论，天壤间一微物耳；以渔而论，人事中一末业耳，然充其类至于如此之盛。设取寰宇一巨物与夫人生一大业，以丛聚而矜张之，更不知其若何美观，若何资益焉。闻是会也，当事者颇获其利，且以半载为期，而今甫三阅月，是其会事方兴未艾，正不仅利万民之观瞻，资学者之考究已也。惟中土之产与具，仅集潮阳一郡者，非惟他省未具，即粤省亦不备。西人且以为其中大有可取，余则深惜其无足动观云。

渔具各类齐备

举办者获利丰厚

天士河记

天士河一名颠迷士河，伦敦之胜景也。河亘穿城垣而过，清流映带，屈曲绵长。两岸则绿树参天，芳草匝地，间有楼阁，皆富商巨绅纳凉息静之所。溯流而上，建闸重重。船之逾闸也，必集待数十然后启，令丛聚于槽，俟下流之闸既闭，乃启上流之闸，节节如是，其制极精。测其

天士河穿城而过

水势之高下，相距几及一丈，设无此重叠障水之法，则其流必时虞涸竭矣，虽嬉戏之务，其不吝工费也如此。河中游艇极多，往来如织，男女杂遝，三五成群，率皆手自打桨鸣桡，泛乎中流，容与荡漾，致足乐也。沿流垂钓者有人，团饮者有人，舟中人亦皆停桡登岸，择绿草如茵处席地欢饮，履马交错，杯盘狼藉。亦既醉饱，则又乘兴鼓棹，争先随波上下，以相取乐。间有泛小火轮舟游乎其中者，舟内肴核具备，团团聚饮，水色山光都归眼底，更形畅适。所尤悦目者，妇女辈亦解操舟，翠袖红裙放浪于青溪绿水间，较之中土秦淮、虎丘、西子湖、平山堂，别又一般乐趣。吾不异夫景之佳、境之幻，而独异其国家之不惜帑金纵人娱乐至于如此。盖陆地既筑有海帕（西语称园曰帕）、利津帕诸大园林，足以容千人、万人镇日嬉游笑傲，而又障此河流，葺成胜景，水嬉无禁，竞渡成风，深合与民同乐、与众乐乐之意。宜乎生长是乡者，熙熙皞皞如登青台，无贫富贵贱之分，而咸得生人之旨趣焉。然则观于此河，亦可想见其庶政之毕举矣。

游嬉者众多

较之中土风情各异

葡萄牙山城记

自来大字小、小事大，乃为国不易之理，而未容或昧者也。故子舆氏之言曰，以大字小者乐天者也，以小事大者畏天者也。乐天者保天下，畏天者保其国。由今观之，昧此义者，其为葡萄牙乎。葡萄牙界居欧罗巴洲之西偏，东邻西班牙，西临大西洋，幅员甚狭，盖极小之国，与瑞士能、比利时等耳。由西班牙至其境约二千里。其都城名里斯波亚，踞山为治，人民聚居，室庐繁盛，街衢廛市高下崎岖，其峻峭之处去平地几数百丈，俯临洋面，形势极佳。国中政令及一切制作，皆追步欧洲各大国，略具规模。武备则水陆皆修，马步咸练。入其境，未尝不叹为国虽小，而图治之心与迹则固显而易见焉。我中土人鲜至其地，而其国人入我中土则实最早。且占我澳门一区历有年所，名曰通商，无资贸易，以其国土绝少物产故也。赖我国家天覆地载，一切优容，以为何惜弹丸，俾安羁旅。而乃不循法度，肆志猖狂。近更贪利庇我赌徒，作逋逃薮，为良善蠹。噫，律以小事大之义，定为诸大与国所不值，倘再不自改辙，何难振我鼓鼙驱之出境。彼时欲再蒙此合答厚惠，恐亦戛戛乎其难之矣。观彼山城，念我海澳，援笔漫记，以彰其深失事大之义，并著其无足顾忌之实云。

国都里斯波亚（里斯本）

占我澳门一区

大西洋登山记

自履欧罗巴洲以来凡六阅月，所至辄留，有胜必揽。中秋节后，由西班牙至葡萄牙，而欧洲之境止矣。乃渡大西洋趋巴西国，经阿非利加境度赤道而南，计十二昼夜始入南阿墨利加洲界，又三昼夜莅一岛，译曰巴希斯，为巴西属地。舟中人以十馀日不沾寸土，故皆棹小舠登岸，少资憩息。岸即山趾，面临大洋，中矗圆炮台为防御计。沿

渡大西洋至巴西

山市肆鳞列，居民错杂，大率皆来自葡萄牙及阿非利加者为最多。有肤极黝黑，发尽蒙茸，不堪入目者。据云其地向属榛莽，以拘人垦辟之力，数十年来俨成都市。且土甚肥沃，所产烟叶、咖啡、波罗蜜殊佳。尤奇者，山皆壁立千百仞，绵亘数十百里，宛如屏障。导游者引至一所中，设火轮机器，器旁有斗室，层叠高峻与山巅齐。室悬机车一具，容坐十馀人。人既毕集，鸣钟为号，火机遂旋转掣动，自将机车升举。不一时及巅车止，跨户而出，则已置身绝巘之上，俯视下方如坠井底然。因思倘无此济胜之奇具，正不知当费几多盘折，几许疲劳，始堪登峰造极。于是又相将登四轮车。车以二马驾之行铁轨上，高下崎岖控纵如意。将逾冈岭，则增二马以驾之；及下峻坂，则将四马并皆释去，御者手握铁枢，纵车俯驰，势如奔湍下注，及于瓯臾而止，缘皆有铁轨以任之也。车制之奇，亦匪夷所思矣。车行纵目所及，前为巨浸，波涛万派，后为崇山，树木蓬勃。而近车左右则家家园圃，户户楼台，异草奇花五色鲜灿，多有不识名者。九秋天气，大似三春光景。历沿海外之游，此境可称奇绝，盖别具幽趣，而无一毫奢华靡丽之象焉。游倦卜山，登舟重驶，回顾所涉之处，则在白云缥缈间，转瞬即已不睹，为惝恍者久之。是日也适为重阳之前一日，书之以副登高之盛事，并以识奇游之难得云。

乘坐缆车登山

历游海外此境奇绝

卷三　西俗杂志

序

翔甫大令为随园先生文孙，又村明府介弟，清芬世胄，物望翕然，治谱家传，方期踵起。顾庞士元非百里之才，聊为吏隐；孟东野慨半生之困，始以诗鸣。建旗鼓于骚坛，飞羽觞于酒国，一任人目之为词客，呼之为寓公，无不可焉。予于十年前橐笔游沪，班荆道故，欢若平生，而过从颇疏，不拘形迹。癸未春三月，岭南唐景星观察邀君作泰西之游，是岁十二月内渡，屈计阅时十阅月，遨游十万馀里。涉历欧洲各都会，以视秦汉时奉使百蛮之雕题凿齿等国，即夸诩壮游者，相去远矣。征装甫卸，即出示著述五种，而以《西俗杂志》属予序之。予受读一过，钦为未见未闻，盖迥殊博望之乘槎，荒唐无考，亦胜元虚之赋海，根抵有征。以渊博之才华，为关系之文字，洵煌煌一大观也。君因知交索阅者众，应接不遑，爰仿巾箱制付同文书局，以石印之。屈指此书一出，非徒价重鸡林，实足信今传后，想有心经世之学者固宜座置一编，研究旨趣。予因之有感焉，客春倘非病卧，当与斯役，使操三寸管，从吾大夫之后，纵横论议于惊涛骇浪间，岂不甚快！而乃让君独占千秋，能不因羡生妒耶？爰就晴窗，濡毫伸纸，不辞谫陋，掇其颠末，而为之序。

光绪甲申春二月中澣治愚弟邗上李毓林顿首拜撰

泰西风俗有与中国从同者，亦即有与中国迥异者。乍睹不免诧为奇绝，习见亦遂视同固然。游历所及，随笔杂志，聊备采风问俗者之所择，亦未尝不可助酒次茶馀之谈柄焉。其中有人所已悉者，当不嫌笔墨之赘耳。

西俗尚右女重于男

西俗尚右，女重于男，故行也女先男后，坐也女右男左。

夫妻相挽并行于途，人不之笑；夫可于妻前凡事执役，人不之讪。

一饮一食，男女可以同几，即绝不相识者亦不为嫌。

妇女只身可以搭船、搭车，出门远行，毫不为怪。

市肆之中妇女联袂而行，触目皆然，盖不必深居闺阁也。男子虽当暑热，不见挥扇于途；妇女则手必摇扇，亦系折叠绘画，而式甚大。

中下等人家大率不用婢媪，若大户则必有婢媪及乳娘焉。乳娘头上别有装饰，一望而知。不用仆从婢媪人家，男女有就饭店作朝晚餐者，并拖儿絜女而往，谓从节省。

两人相遇以脱帽为礼，亦有但举手向耳际一扬而不脱帽者，大率偶然简略之意。若互相握手，则较为亲密，虽男女不顾忌焉。 两人相遇脱帽为敬

客寓最大亦极华美，有穷奢极欲可拟王侯之家者。寓资及饭食，每人每月总须三五元或八元十元不等。

客寓便是饭店，大餐之房最为美观，即不投寓者亦可往餐。男女杂坐与轮舟中无异，间有用女仆伺应者，如中土女堂倌然。

地必有毯，窗必有幛，椅必有垫，几必有罩，大家小户罔或不然，亦莫不各极其精。

唤人不得声喊，随处置有扯铃；或用电线，但于壁间置机钮处按之，即应声而至。然亦不敢遽入也，必以手于门上轻弹两声，闻答以“克明”二字乃入。 唤人用扯铃机钮

浴盆以石或以铁为之，水于壁间管中随意开启，一凉一热，听客自便。浴毕随将盆底木塞拔去，浊水自然流出。

大便之所最为洁净，舟中及层楼之上一律皆然。既毕，当将水管取提一二次，以涤其秽，不得不顾而去。然拭秽则以字纸，不惜也。

小便之所置亦精巧，通衢僻巷不一其状。最妙者皆有吸水之管，自朝至暮一任时时涤之，故绝无恶臭。

每日茶点两次、大餐两次，或茶点一次、大餐二次。大餐之时，先摇铃一次，俾人知觉，更衣盥手，摇铃二次则齐集餐所矣。亦有鸣钲者。

大餐各奉馒头，先牛羹，次羊肉、鱼、鹅、鸡、鸽等，又次进牛油饼及干点、水果，最后殿以咖啡或茶，而其事毕矣。

茶点则以牛乳、白糖搀和咖啡、红茶之内，各具馒头以牛油饼佐之，或加热肴如火腿之属一二品，即中国所谓吃点心是也。

居室皆系楼房

居室无平房，皆系层楼。由下达上，计重数以多为贵。人但见其有高至八九层之楼屋，而不知其屋下尚有一二重地窟也，故较之浮屠尤峻焉。

楼房可乘电梯

重楼阶级太繁，足力或有不支者，则有机车以上下之。人但坐于车中，以手拨机，自能升降，随意所至。

凡搬运各物，不分远近皆载以车。其轻而易举者则载于首，虽妇人亦然。从无以肩挑者，故扁担、扛捧目不经见。

粪船、粪担皆不经见，盖厕所之秽物，皆由地道中流去，虽妇女亦登厕，而不用净桶故也。

以马驾车其式不一

以马驾车，其式不一。除已见于中土者不计外，尚有三马并驾之车，亦有加边套者。又有专行铁轨者，其轮甚矮小，就地而行，两马可载至三四十人之多。或两行相向而坐，或排列多行向前而坐，或分上下两层皆可坐人。轨道两条，一来一往，不相紊乱，亦有小街只可单行者，然必有交让之所。另有两马可载十馀人，或车顶之上兼装行李箱笼重物十数担者，不行轨道亦可驰驱，皆缘地面平坦，故能任重如此。

牛车或双或单，专以载物，乡间尤多。驴车亦然。

人力推挽之车其式亦不一致，大率皆以运物。如入市贩买菜物、蔬果者，其车放平即可以当几案，亦属极便。

舢板小船各处不一，其制惟皆用桨而不用橹，使帆则亦有之。

饭店最多，有寓客者有不寓客者，陈设器具、供应食物无不精致，亦莫不周到。茶馆则专饮酒、饮水或饮咖啡、牛乳等物，听客自便，亦有用女堂倌者。夜市坐客尤多。

乞丐亦多，或持一物向人喃喃如自来火之类，又或鼓琴或唱歌沿门募化，亦有小儿在车旁打虎跳、竖蜻蜓以博人施，亦有以手指口求食者。类皆残疾之人，然所服皆能蔽体，不致露裎也。

新闻纸分售于街头巷口小亭中，或持于手中沿街叫卖。至于客寓饭店、咖啡馆中，则设有专看新闻纸之房间，堆积横陈，任人坐阅。 报纸街头售卖

入座饮食必待妇女先坐，男子乃可相继就位，食罢散时亦然。 入座饮食妇女先坐

每食必于几案安设花盆、花瓶，供养鲜花或绿叶盆

景，或将各色花枝团结成球，以助赏玩。

男女杂坐同牢共几，虽翁媳、叔嫂概不避忌。生客相逢尽可不相闻问，徒哺啜焉已耳。

途中妇女往来行走者联袂搴裳，自晨至夜不绝于道。尽有夫妻子女合家锁门而出，不知扰扰者何事也。

市肆皆以妇女掌柜

市肆之中大概皆以妇女掌柜，虽极大店铺亦然。任客嬉戏，不以为嫌，闻亦招徕生意之意。

娼妓除英国干禁不准开设以外，他国随处皆有。缠头之资有极昂者，亦有极贱者。惟暂假小客寓为行乐窝者最多，即中土台基类也。

妇女以乳大腰细为贵，然腰可束之使小，乳则不能纵之使大。多有制就藤具加于胸项之下，其状窄狭者便见高耸，亦犹中土之以木底装脚使小者然。

戏园皆系圆屋，或以石叠成，或以铁造成。务极其大，有可坐至万人者，费至千万金钱。座分等次，层累十数重，团团围绕，男女不分。

伶人初出场时，必先免冠向座客鞠躬致礼，客以鼓掌为喝采。该伶既入，仍须复出向上鞠躬以鸣谢焉。

博物院

博物院专储世间飞潜动植之物，即草木竹石、珍宝古玩亦无一不备，俾人纵观，借资考究。

动物园

万生院专蓄生禽活兽、鳞介虫豸，分类饲养，各遂其生，以供人玩。

蜡像馆

蜡人院以蜡肖人，形貌如生，各置一室，纵人观看。大概取有名之君相，以及贤人智士，与夫一切有能之人，克创异物成大功者，或取故事新闻之动人观听者，参错其间，尽相穷形，呼之欲出。

画景院图画各样事迹、各处胜景，深入显出，无笔墨痕。又有用油画者，用石嵌如画者，各出其奇，直有仙意。

凡各院囿虽则纵人观看，亦有收取银钱。大则一元、半元，小或二角、一角。古迹名胜之区无不纵人游玩，且绘图贴说以售游人，然必先收游资。即备有茶酒、点心，亦皆昂其价以待沽焉。

街衢之中、房屋之内、墙壁之间、楼塔之顶，皆装嵌雕凿人兽各状，以助观瞻。石质俱多，间有铜者，或大或小，工细绝伦。间有裸露者，亦不以为嫌。

楼梯重重，高者何止数百级。为石为木，不一其制。然必加以绒毯，或各式线毯，践之无声，且不滑足。

使用洋钱极为不便

使用洋钱，极为不便。英之属地乃用英国之洋钱，法之属地乃用法国之洋钱，义人利、瑞士各国亦用法洋，美国亦用英洋，断断不可通融。然所谓洋钱者又皆以四开为便，凡买物一切当问价时，彼皆以四开核计。否则即用洋票，或一元一纸，或二元一纸。纸不过方寸之大，至五元、十元，则可用金钱矣。

铜钱亦如洋钱之式，大者约值中国之钱二十文，中者十文，小者五文。

红酒为蒲桃所酿，到处皆有，较诸酒价贱。此外，羊血所制之钵酒及香饼、白兰地皆甚贵焉。

树林阴翳，到处皆然。国家定例，凡伐树一株者补种二株，虽买山自植者亦如之，故愈芟夷愈茂密云。

树木虽多 禽鸟绝少

树木虽多，禽鸟绝少，往往陆行数百里之遥，不见一飞鸣者，亦一奇也。

木以槐为最多，松柏次之，杨柳极少，梧桐则绝无焉。竹则丛生，无成林者，亦不多见。他木皆不识名，参天之材亦寥寥焉。

井上必辘轳，资人涴吸，取其省力，虽乡僻田野间亦然。电线杆之设于长途者，俱傍火车铁路左右，络绎不断。若城市中人烟稠密处，则或置杆于层楼之巅，或埋线于地道之下，殊不一致。

大道之旁，树木阴翳，动辄数里，其下常置坐具，听人憩息。间置铁椅，排列取资，或数十座，或数百座，甚有多至数千座者。

道旁小便之所，以自来水长流洗涤，不待收拾。其戏园、酒店中或有取资若干，方准便旋。若道旁有大便之所，则例纳半角洋钱焉。

靧面澡身皆以凉水，解渴亦以凉水，食罢亦有以小盂盛水，将手略掬微拭口唇者。无用热水之事也。

卧床或铁或木，其制亦大小不一。床脚皆有辘轳，推转良便。卧褥厚至数尺者有之，枕则一圆一方，皆极棉软。惟不用絮被，但覆以毛毯而已。台椅、橱柜各物脚下必有辘轳，取便人力推挽，可以四面揩涤。惟轻而易举者乃不置辘轳焉。

自来火灯之列于街衢者，当繁盛处灯亦加密。有极大街道排列至四行者，中道犹间加大灯，或三火一杆，或五火一杆，远望如繁星密布，光耀眩目。其当店铺门首者，或于其杆上装点字号招牌。其当中道者，又或于其上装以电气钟，以备途人知道时刻。 街道两旁皆列路灯

洒道以车载水，以马徐曳。或于道旁置自来水井，但以皮条之铜管插入其中，一人手握皮条如水龙者然，随手喷洒，尤为灵便。数丈之遥更易一井，迤逦前进相连不断。 洒水车

电气钟中无轮轴，但有钟面及长短针，全凭电气引动旋转耳。其发电之处，照钟克定时刻，远近一致，无参差焉。

靧面之巾一日更换一次，然亦用之于下体。面盆亦即用以濯足。虽曰洁净，实不分上下焉。

夜溺以盂而不以壶，男女同之。其盂亦可以盛水别用，不以为秽。

酒有多种，其名不一，常饮曰红酒、曰皮酒、曰香饼、曰白兰地。席间每座必分列数杯，次第斟之。其杯亦不一色，防错乱也。 酒有多种其名不一

玻璃杯专以饮酒，若饮茶及咖啡则必用瓷杯。瓷杯之下必有托盆，凡奉食物、献书札亦以盆托之以进。

凡用管门、听差、执役人等，每月工资约计英洋三四十元，有包饭不包饭之分。有供其外服者，却无一定。

妇女辈无不知书识字，虽仆妇亦然，缘自幼皆入学堂 妇女无不知书识字

故也。间有能识不能书者，亦不多焉。

住屋虽极高大，除巨商富室独据一宅，其馀皆系租赁。六七层楼分住六七家或十馀家不等。楼高一层价贱一成，极高者极贱，极下者极贵。若沿街之下层，则专任为店铺焉。

卷闸门

店铺门面用横铁板六七斤不等，左右有机关，开闭之时以手摇动，其板自然层叠而上下焉，举重若轻，毫不费力。甚遮阳布幛之制，亦仿佛焉。

市肆繁盛之区，绝无空壁可贴招布，故专设六角或圆式高亭于大道之旁，左右矗立，相间联属。亭柱以铁，亭壁以玻璃镶嵌，招贴糊满。日间既便观睹，夜则燃灯于中，尤觉历历可指，然贴费则亦不资。

楼房几重，厨灶亦几重；楼房几叠，大小便所亦几叠；缘烟囱、吸水管皆可一直到底故也。

凡一所楼屋分住几家者，其门户楼梯皆区画分明，绝不紊乱。

教王之权势昔日最大，专与地方公事。凡各国王听其命令，不敢抗违。谒见之际，膝行匍匐，得以鼻嗅其足趾，方为荣幸。自为义大利王所黜，退居深宫，不复与政，其势大衰，迄今不能复振。

教堂意大利最多

教堂各国皆有，以义大利为最多。且巍焕无匹，木石之工穷极奢侈。有高至数百丈者，有费至数千万者，以教王都于其国故也。

耶苏钉死十字架上，故其教中供奉十字架甚虔，并将耶苏钉死惨状形骸亦悬其上，不似中国之信教者但供十字而秘其形焉。

妇女生须，中土罕有，泰西各国则恒见之，不以为异，并造作妖言，谓乃上苍所赐，以文其陋。

妇女入王宫，皆以肉袒为敬。寻常见尊长，必以口承长者之左右吻，唧叱有声，极为骇异。

公家花园极大，种植各种树木花草，蓄养各色鸟兽虫鱼，任人游览。妇女儿童牵裳联袂，络绎不绝。有携针黹就其中刺绣者，团坐嘻笑，旁若无人。

公家花园任人游览

店铺之大者为楼数层，无物不备，亦即中土南方京货铺之意。然资本有数千万之多，店伙有千馀人之众，则固莫与之京也。价目划一不二，一日可进数万金。

浴堂之制亦不一式。价之极廉者，每人不过七八十文，加以买手巾、买肥皂，亦不过百馀文而已。其极贵者则为土耳其之浴堂，华赡无比，每人约计二元。有就河下水次建浮屋如船式，吸取冷水以浴者，与轮舟之上浴所相似。惟男女则分室，如自携妇女以往，亦听同浴。

马车列于交衢宽阔处，待人呼唤。呼唤之际，但吹筚篥，彼自闻声而至。惟有两马、一马之分，两马之车吹二声，一马者吹一声。

马车之上必带料食一二袋，随时随地可以喂马。喂时但取袋索套于马首，袋口承于马口，以凭咀嚼，此法极良。

喂马之法极良

街市之旁，往往置有饮马之槽，以石为之，其水自来，长饮不竭。

铁道所行之车及两马大车，皆分两重，可坐数十人。下重在车内者皆相对坐，上重在车顶者则相背坐。自下重登至上重，左右有梯。此等搭客散坐，皆谓之街车，其价甚廉，虽往返十里之遥，亦不过四五十文而已。

坐车须给妇女让座

街车客座已满，仍可容立数人。然妇女之来，虽客位已满，亦必有启立而让者，断不使之倚立也，火轮车亦然。

御者装束极好，艺亦极精，虽十分拥挤时从无碰撞之事，更无伤人之理。左来右往既有定章，巡捕亦时时禁约。盖非精于执绥及熟识街道名目者，断不能充当也。

官宦商富必有家置之车，其车制精于市间。御者必双双并坐，衣帽一色，尤觉新鲜耀目。

繁盛都会之区，大小车辆多至一二万以外，号数挨书，秩然不紊，故稽查最易。

木梯极长以防火患

木梯制极高长，可以直登四五层楼屋。又有下置两轮架之，一人即可推行，且能将梯升高直至七八层楼屋之上者，盖防火患，借以救楼居之人也。梯下承以麻袋，并防因慌张失足，免致受伤。故此梯常置路隅，入夜且挂灯于上。

救火之水龙制既精巧，其置龙之所则尤巧妙。龙以马驾，驶行极速。未用之先，马即豢于辕下，鞍辔一切及御者号衣、号帽皆悬之空中，驾马之人卧于其后，以板承之。龙内煤火装储齐备。电线传至，警钟遂鸣。警钟一鸣，其机自动，而驾车之人所卧之板即时竖立，板竖人立，虽睡必醒。将身一转，而号帽、号衣已披戴身首，再一举首，而马之鞍辔自然而然落于马身，不烦人力。再将火柴一划，而煤燃矣。不到一分之时，即已振策扬鞭，疾趋火所，此真罕见之制。救火电线各街巷口皆备，行路之人见有火起，即可掣动，不必待患处之人自行通报。且必于左右相近挨户敲门通知，令人出避。 消防救火出动极快

保火险公司不但保房屋，兼保什物，更保房租。言定三年、五年期限，倘未满限而遭火毁，房东例不让租，皆由保险行赔补。故一遇火警，但开门走避，无须顾及他事也。

三五成群，闲行入市，皆须联袂并行，不得参差前后。如遇妇女礼应相让，让必以右不以左，缘俗以右为上也。

凡有名胜之区，必容人前往游嬉。收费大小不等，大者每人一元、半元，小者二十文、十文左右。亦必有图说售卖。此等地方并有兵卒看守。 名胜之区游嬉收费

礼拜之日，市肆大率闭门，不作交易，惟烟店、咖啡馆、食物铺照常开张。

妇女双眸短视，公然高悬眼镜，即十数岁之稚女亦然，街市闲行，不以为怪。

妇女在座，男人皆不得吸烟，以昭敬重。凡大餐之后，例应出座入室吸烟，或无烟室，必待妇女出户，然后吸食。有时妇女食毕便行，故示体恤，谓为谦德焉。 妇女在座不得吸烟

凡人之不吸烟不饮酒者，众咸敬服以为美德。若妇女饮酒者甚多，吸烟者则绝少焉。

吕宋烟价极贵，每人每日总须一元、半元不等，较之中国吸鸦片烟耗财者，又何以异。

大餐厅房不得吸烟，头等火轮车中亦不得吸烟，违者罚银一磅。

鸦片烟膏专备于各药铺，缘药丸、药水无一不用此膏故也。

茶呼为梯，皆取红色，然必搀以牛乳、白糖，无敢专饮者，谓其克削伤人故也。

医生身价极高

医生身价极高，延请至家诊疾须酬金钱三磅，极少亦须一磅。或登门就诊，亦不过四角、二角而已，若医院则不需钱焉。

因异病身死之人，必集医团坐剖尸检脏，以审病原，俾医者详究其故。

公司轮船中倘有病死之人，定限阅十二点钟抛尸海中，不容棺殓。他船不然。

德律风（电话）

传声之筒谓之德律风，亦以电线通达，可及四十八里之遥。愿置此器者，彼此两家先赴其馆，编明号数。如欲传音，电知其馆，彼即电知其人。但倾耳，筒中即闻我向筒中所言之事，不啻亲承声欬者然。

图书馆无书不备

公家藏书之楼无书不备，凡有人著成一书，必先备一部呈送，违者议罚。藏书之所任人就观，不得取出，尽可自携笔墨检查抄录，不费分文。

儿童不拘男女，及岁例必入学。无力之家则就义塾，不费分文。倘交八岁不送入塾者，议罚有例。

儿童及岁例必入学

人之死者必有医生书单，乃可入市购棺，否则棺不可得。当由巡捕取尸而去，剖核病源。倘不因病而死，必究致死之由。

凡男女工作，每日上工及啖饭例有限定时刻，不得逾时五分，违则辞工。

朝夕传餐之际，男女皆须更衣入座，虽童稚亦然。饮汤不得有声，唾馀必承于器。大宴例当奏乐，若客寓之极大者，则每餐必奏乐焉。

饮汤不得有声

女子之嫁也，二十二岁以前父母可以主之，逾此则不待父母之命，不须媒妁之言，但两相说合便可成双。

子女既大，父母便可不问，一切听其自主。子女之视父母也，亦如陌路者然，惟见时以礼而已。其礼则以吻承颔下，作声为最敬云。

子女既大听其自主

税关则年年集议更改。惟吕宋烟、茶叶、酒三项为最重，故此三项市间售价极昂，漏税科罚亦重不可当。

烟茶酒税收最重

吕宋烟入口税每磅十二两，征五先令六辨士，即五个半四开洋钱也。烟叶每磅征二先令六辨士，即二个半四开也。茶叶每磅征六辨士，酒每斤征二先令，香美者倍之。

请宴之外又有请茶会之举，富商显宦时或举行。届期邀请男女各半，齐集之后，设糖茶、牛乳及馒头等，以佐清谈。更有跳舞之请，则主人派定某男合某女，某女合某男，两臂相握双双离席，纵跳舞跃以相取乐。即该男女素不相识，亦可从事焉。又谓之跳旦神。

妇女每日必须游行街市，如男子禁之，妇女可以控官，例判将夫男监禁若干日，以昭儆戒。

室内不铺绒毯，几席不设白罩，皆为极贫之户，故少有力者皆勉作铺张焉。

男女皆戴帽

男女一律戴冠，冠制亦殊不一。惟入室，虽冬令亦必脱去露顶。出户，虽夏令亦必加于顶上焉。

寝必有衣，长与身等，有袖无襟，从首套下，皆以白布为之。故遇中土之服白长衫者，必发狂笑，盖以为误着寝衣出户也。

华人街市被围观

遇中土人于街市行走，群以为异，蜂拥蚁聚而观之。妇女儿童更有狂笑者，既异衣服之式样，尤异发辫之长垂。又每疑无须之男子，以为中国之妇人，真乃不白之冤焉。

有客至止，不但不奉以茶，即烟亦听客自便，但于入晤及告辞时相握以手。若送客则不下楼、不出户焉。

信局最大，为国家业。但向购票一角（中土谓之鬼头）粘于信面，投于筒中，远在他方、近在本城皆可即时到达，必无遗失。其筒置于途中，一日有人收取数次，信资较中土为廉。

丫头及小童雇用最便，每月工食不过二三元，既极伶俐又极妥当，无事不可使唤，故人皆乐用之。

男女至二十一岁后父母便不闻问，听其各自谋生，故无游手坐食之人，其势不得不然也。

民间无斗殴情事，亦无詈骂情事，甚以耻辱为重故也。倘被人殴骂，控官请理，其人必受押、受罚，不必究其原因也。 民间无斗殴情事

店肆门首绝无悬挂之招牌，但将字号货物书于玻璃窗上，及檐际槛下之隙处皆有。

监狱最为阔大，亦最为洁净，此真中土所未有也。凡入狱者，惟恐其或有不适，或致疾病，故一切服食起居反觉胜于家室。设遇中土之黠民，必且生事以求入狱，夫亦安能容受耶？惟其俗重耻辱，乃堪若此耳。 监狱阔大洁净

糖之为用，皆取莱菔制成。莱菔能解煤毒，既济食用又能除病。益叹天能生人，即能养人。近来制糖皆以火轮机器，故人力尤省焉。

坟墓皆取平壤，不择高山，纵横排列，状如中土之义冢。盖一冢仅置一穴之地，其尺寸适容一棺而已。然开掘必数十丈之深。先殁者葬于底，即置其棺上覆以石板，继死者遂加于前死者之上，相继层叠如楼屋然。又既与地相平，乃又谋另置一穴焉。 坟墓皆取平壤

市中店铺或经君后曾购其货物者，其门首屋顶必饰以狮马二兽之形，或装饰该国之旗号，以彰宠异。

钱分金、银、铜为三等，皆国家鼓铸，无敢私铸者，犯之有极刑。

以金钱易银钱、以银钱易铜钱，及以银钱易金钱、铜钱易银钱，出入之价皆同，无早晚时价之分。亦无专设之钱铺，皆就易诸各货铺焉。

英国金钱一个称为一磅。一磅可易银钱二十个，谓之先令，中土谓之足四开。先令一个可易铜钱名辨士者十二个，辨士值中土钱二十四文。又有半辨士值十二文，花丁值六文。

法国金钱一个，可易法国银钱名佛郎者二十个。如易英国先令，则十六个，盖其金钱较轻故也。

自杀之人死法大骇

穷极无以为生亦有自寻短见之人，但其死法大骇。听闻或登数百丈高台之上，自投以求速毙；或卧于火轮车铁道之中，甘心毙于轮下，粉身碎骨，情形殊惨。

街衢无大便之所，行人必欲大便，须通言语可以入人家告便，否则当至客寓饭店等处。告便例索铜钱二文，合中土制钱五十文光景。

浇田灌菜不以粪

浇田灌菜不以粪，故虽乡僻田野亦无粪。有任其流于地底而潜贯于海者；有专业入夜来取制为粉屑，以待沽与耕种人家者。

人死亦有棺木，但无备以待沽者。既死之后乃招该匠前来，量准身材尺寸，以圆木依式挖空，如其人形，然后以布缠尸，不衣不履，置诸其中，便即埋葬。

丧服以黑不以白，亦有反服。有丧者名刺，概用黑色镶边。妇女则以黑纱长垂脑后。乘驾丧车之马则专用黑色者。

瘟疫传染防范最严

瘟疫传染防范最严，凡船经瘟疫之地而来者，一概不许登岸，必于口外守待三日，然后准驳人货。所带之书信仍须刀穿一孔，俾其出气既尽，乃许分投。

凡鸡、鸭、鹅、鱼等，其脏肠皆委弃不食，谓其有毒能生百病云。

内脏皆委弃不食

菜圃之业有巨至数万金者。其贵重蔬菜种于场畦上，则覆以玻璃之罩，下则沟以煤炭之炉，取其发荣生长之速，而茎叶亦嫩脆无匹云。

灌圃不以粪水，有专取粪秽制成粉屑之人。其粉屑以纸包裹，先于菜根之下穿以窟洞，置包其中，使菜根沃其肥力，而菜叶则不沾秽恶焉。

戏剧亦分文武两班。有专工唱曲者，其声呜呜然。有专工描摹者，大概皆各国故事，采头奇幻异常。一出既毕，则垂幔更换采头，台下奏乐一番以间之。此等故事合数出为一本，今日所演为此本，明日仍是此本，必至人人看遍无客来观之日，然后乃易他剧，或迁演于他馆焉。武戏则卖艺者然，其馆较大，又谓之戏场焉。

戏剧分文武两班

妇女大半皆自择婚。如择定有人，其指上必带素金约指以别之。若镶嵌珠宝之戒指，则随意装饰，无所关系云。

妇女大半自择婚姻

挑选兵卒必以魁梧奇伟者当之，且权其身材之轻重，须若干磅乃入选。及年满四十则又汰之，惟仍给以闲居口粮以终其身。

兵卒号衣、号帽昕夕服载，即不值役亦然。故行于街市，一目即知其为兵卒。并察其装制，可以别其营伍。

街车之制甚奇。何以谓之街车，即散搭坐客之大车也。车制四轮，二马驾之，行于街心所置铁轨之上，左来

街车之制甚奇

右往分为两道，马不甚费力而驶行极速。车箱分上下两层，上层两行相背坐，下层两行相面坐。每层可坐二十馀人，有一定之额，视车大小，不得多搭。每人车价三文，合中土六十文，不论路之远近。总在此一条大街往回直走。沿歧路口必设小平房，便半路之人待车。而登法先向房中取号码一纸，车过时吹号暂停，询问号数以次而登，免致争竞。倘坐少号多，依次召登后馀俟后车，无人滋扰。登车之时一人鸣钟一响，十人十响，钟下仍有牌号，视听皆了了，以便记数，无从作弊。车中不得吸烟，为男女杂坐，以昭致敬妇女故也。车顶粘遍各铺招贴，云贴者亦有小费，盖亦招徕生意之意。远远观之，如层楼一座凭空而来。亦有大花园中所制就地拖行之矮车，其式两行相背坐，登降极便。每车八人，一马可连拖三车，横占路途不过一尺馀寸，尤为灵便。

车中不得吸烟

富人夏季择地避暑

富贵人家每值夏季必择地避暑，然天气实不炎热。据云此亦相沿成风，以为不避暑则身分不高。故届时无不暂居乡间、海口或各名胜处，秋后乃归焉。

市肆各店铺中夜间但须锁门，回家住宿。早起持匙赴店开张。铺中不留一人看守，以巡捕逻察极密，决无窃盗之故也。

家中用物亦可保险

保险之事甚多，即家中用物亦可保险。如自鸣钟若干座，照章岁付若干资，每礼拜由其人带匙登门代为上链，如有损伤随时修整。四壁玻璃窗扇照章岁付若干资，每礼拜自有人来代为揩净，破碎由其补赔。地毯则由其取去，除净灰尘，代收燥处，设有损蛀，照式偿还，夏令既过即载送登门，代为铺钉。推而及于各物，无不皆然。

典当亦官督民开。以十三个月为满，利息五厘。惟质物之际必以购物发票为凭，否则以住屋租纸呈验或令房东作保，违者不纳。其质票另须存于一处，少费无几，给以收据。赎时先检据取票，然后以票赎物，似亦保险之意。 典当铺官督民开

室中垃圾准于入夜十点钟后及黎明时倾倒。门首、街口亦有拾荒之人及时携篮搜检。及垃圾车既已装载而去，此辈亦遂绝迹。

破纸可以还魂做纸，破布败絮亦可做纸。破碎玻璃可以入炉重浇。细碎洋铁亦可冶作颜色。

绘画之事竞尚讲求，写物写人务以极工为贵。其价值之昂，一幅或至数万金。习此艺者男女并重，而女尤精于男，故所传秘戏图最佳，近以干禁少为敛迹。若只身之男女，女像虽赤身裸裎仍不干禁，谓足资考究故也。常见博物院中往往多石人、铜人，各像裸形卧立，而妇女之囊笔往摹者，详谛拈毫绝不为怪。又闻画师每当描摹妇女下体，辄招一纤腰袅体之妇人，令其褫衣横陈，对之着笔，以期无微不肖。绘毕酬以钱洋而去，亦不过数元而已。 绘画之事竞尚讲求

男女苟合向无例禁，以致奸生之子女最夥。设有专养之处，如中土育婴堂之义。特育而兼教至十四岁，便可自食，或成一业，或作雇工。未及十四岁之前，皆奸生之父岁贴若干，亦视其力为等差焉。如违，可由奸妇控官追究。

学堂制度完善

学堂之制最善。有男学堂，有女学堂，有大学堂，有小学堂。学堂最多，而衣帽则一堂有一堂之式，如兵勇之号服然，成群结队，使人一望而知。

六畜之中马为最多

六畜之中马为最多。有极健高大迥逾寻常者，皆以之负重致远，乡间则用以耕种。牛不穿鼻，任其游行，不以耕田，但供刀俎，间有用以驾车者。羊类黄黑居多，亦复成群放牧。鸡惟见其小者，犬则有极大者。豕皆小耳，市肉价贱于牛羊。

娈童莫盛于法国。近十馀年来经国家严行禁绝，如查见二男一室而共榻者，例当监禁示罚，不似男女苟合之不关功令也。

厨房极为洁净

庖厨之地极洁净。灶皆铁铸，灵便无匹。制菜者皆审时刻定火候，多一分不得，少一分不得。如煮鸡子只三分时候，烧鸡准一点钟时候，胥视钟表为准则焉。

制造之厂、街市之店必刊印招纸如仿单然，绘图列说，务极精工。器物多者或装订成本成册，遇人分给，亦招徕生意之意。

鸦片烟产自印度

鸦片烟土产自印度一带地方。其本地发价每箱约八十馀元，出口便加税八十馀元，及至中国乃逾加逾贵矣。

各国绝无吸食鸦片烟之人。如英法等国每年亦销数十箱之货，则皆医室药房所需。惟美国近日少有吸食者，亦不多也。

旅居华人购吸鸦片

药房之烟膏虽备，间有购取者，该医生必询明何用治何疾病，仅许少许，不得多也。中国旅居之人往购吸食，有需至数两者，初以为骇，及询明就灯吸食之故，亦即笑而付之。

妇女不簪鲜花，其缀于帽上者皆布所置，色相宛然。亦甚爱玩鲜花，但采缀胸前衣襟之上，谓取其生气触鼻之意。男子亦如之。

缀帽不仅布花，或以各色果实，或取各式鸟羽。鸟羽以鸵毛为最贵，一羽值洋数元。有白、黑、红三色，红色似彩染成。间有以全形之鸟系于其上者，殆即古人鹬冠之意。 鸵鸟毛极昂贵

男女衣服四时不分。间有着皮者，无论何时，寒则衣之，暖则易之。故有夏日反着皮服，而冬日往往反不服焉。

玻璃窗扇之内必有蔽幔，上制机关，一曳便舒而下，亦一曳便卷而上，其为灵捷巧不可阶。

门必有锁，而锁上之机关甚多。一机可内外上锁，既锁非匙不开。一机虽内外可锁，而手拨便开不须匙钥。又一机仅可内锁，又一机随开随锁，此二制外不能开，必待人内启。各有妙用。 门锁机关甚多

妇女或穿耳孔或不穿耳孔，各随其意，故有戴耳环有不戴耳环者。若臂钏则一例尚用，特左右臂各具一式，不必成对也。

男子持伞专以障雨，不以障日，妇女则晴雨皆用之。男子挥扇者绝少，妇女则一逢暑热，行坐皆摇动生风。惟所用只折扇，式极其巨，若纨、若蕉、若羽则皆不尚焉。

地必铺毯，几必罩毡，楼梯必垫以毡，食几必加以布。惟四五层楼之上为婢媪所居，或不铺毯。屋后另有小楼梯，亦不垫毡。否则咸以极贫极贱鄙之。

男子二十馀岁髭须渐生，例不芟剃，听其鬑鬑。及至五六十岁以后则将上唇之髭剃去，谓年力就衰，可无复须眉以表气概云。

居室之中，大便、小便皆须登厕，男女同之，不分内外。惟厕门必有关锁，先入有人，后至者便不得入。

大餐先汤后菜

大餐先汤后菜，以牛鸡汤为常，以甲鱼汤为极贵，仿佛中土之用燕窝敬客者然。

座客叙语不及秽物，如有谈及粪秽等物者，群相骇异，或有避席而行、不顾而去者，以为此人何不堪若此也。

机器洗衣

洗衣有作厂，皆机器为之，家中婢媪不事此也。无论衣裤巾袜，大至数丈，小不盈尺，皆计件论价，大率每一洋元可洗二十四件。男子衣、妇女秽布相杂其间，不以为嫌。

房中巾每日更新换旧，可谓洁矣。然用时不分上下，拭面揩身，并及下体，皆此一巾。男妇同室亦无禁忌。

頮面之盆即以濯足，妇女兼可浣及下体，用毕但以清水涤去而已。

妇女天癸之期，亦随意以面巾揩拭。其所骑之布带，店铺中有制就待沽者，价洋三元。

娼寮妓院，除英国以女王故照例严禁，其馀他国无处无之，而于法国为尤盛。院中装束有三等：一则仅袒双乳，而下曳长裙；一则上下均袒，惟腰以下围纱不及一尺；一则赤身裸体，一丝不着，成群媚客，真骇观也。英虽有妓寮之禁，而沿街遍路皆系寻人苟合者，亦征风俗之异焉。

妓院法国为盛

妓院房舍华美绝伦。有一室上下四方六面皆以巨镜为之，人行镜中，灯影逾明。并有机器铁床一具，交合之际无烦人力，其机自能鼓动，觉当日逍遥车制瞠乎后矣。

药铺大率即是医室。所置药酒、药水、药丸、药粉皆医生自造，绝无所谓饮片者。故虽曰药铺，但见玻璃屏盎罗列井井而已，不见药材、药料也。

药铺即是医室

延医诊疾不按脉、不开方，但畀以药水等物。疾愈后开单索价，视延诊之次数为准则，亦视其人之贫富为等差焉。大门之外有一机掣动，内悬响铃所以唤开门者也。各房亦必各有一机借以唤人，其铃动处能分辨房间号数，不致误投。亦有用电机者，其器更灵。

视次数收取诊费

大门之际有一横缝，俾人投书信于其间，门内有筒接受，亦既投入，将铃一掣，俾闻声者开筒取信。

咖啡如豆，炒焦磨碎，熬成浓汁，所以代茶，亦取其能消食之意，然必加以糖块、糖末，解其苦味，然后入口。

咖啡加糖解其苦味

饭罢例饮咖啡一杯，亦有饮茶者。如饮咖啡法，必加以糖块、糖末。但不呼以茶，而呼以稊。或有再饮白兰地酒一小杯者，亦谓其能消食也。

茶馆即咖啡馆，亦有兼买肴饭者、兼买酒点者。咖啡一杯，价值中土钱三四十文，若大街巨店则需七八十文，花园名胜之区以及娼妓售卖之处，一杯竟需一二角银洋焉。咖啡之杯不以饮茶，茶杯不以饮咖啡，皆瓷器也。酒杯分大小数种，亦不以饮咖啡与茶，皆玻璃也。酒皆冷饮故以玻璃，茶及咖啡皆热故以瓷焉。

咖啡茶酒杯不混用

饮酒之际，彼此投契，举杯相碰砼砼作声，然后一举饮干，乃祝颂平安吉庆之意。

面包品种各式

馒头即丏包，大小不一。其式有长至数尺者，购归截而短之方能登几，此皆贫贱人所啖。若上等人家及大客寓、大饭店皆用小式者，或圆或长，或如勾月式。一或不足，尽可唤其增加。

卧床或以木或以铜或以铁，脚下皆有辘轳，取其可以推动，以便四方拂拭之故。铁床有三折式者，摊之即为床，折之加以木板即为几。亦有坐椅可以抽长便为床者，尤为巧制。

木块铺路轻巧避震

街衢大道或用巨石，或用方石块，排齐坚筑。亦有用木块排造成衢者，车马驰驱其上无轮蹄声。据云亦堪经久，则以其地土燥而不湿之故。若街下有火车大道，则其上定用木路，以取其轻而不震故也。

层楼地板亦以小长木块排嵌花纹，既坚致又无不平之患。盖材料虽小，皆系木心故，反不取乎长大，其理亦确。

泰西各国言语各不相同，惟孩童呼父曰爸爸，呼母曰妈妈，则处处相同，且与中土相合，殊不可解。

蘑菇味与中土相仿，其鲜少逊，而其中绝无砂屑。另有黑蘑菇一种，最为贵重，价亦甚昂。闻出于山中土内，觅取之时视豕所嗅就而得之，其理不解。 黑蘑菇即松露

以冰为糕最为适口。制用牛乳、鸡子、白糖等，加水搅匀，盛以薄铁圆器置冰桶中，顷刻即成。

酒之种类极多，大率皆葡萄所制。平时所饮红酒一种，价值最贱。若香饼一种，价目最贵，一瓶值数元不等。

酒器皆用玻璃所置。饮客具数种，酒亦必具数种。器大小之式不一，每一种酒酌一种器，不得紊乱。

楼屋无论三四层以至七八层，其梯皆螺旋累叠而上，虽不一式，而各极精工。凡一屋必有大小两梯，大梯在前小梯在后，小梯之制少逊于大，亦犹中土人家之分大门、后门者然。 楼梯皆螺旋而上

中国之瓷器驾乎各国之上，故皆视同珍宝，每每购置案头以供赏玩。瓷盘之有绘画者，不论大小率悬挂壁上以显其花纹，而不以之盛食物，亦可征其珍爱之至矣。 中国瓷器视为珍宝

君主亦常亲降戏馆观剧，不以为亵。故凡戏馆之下场门侧，例留一间楼屋以待，鸾舆既至，乃由门内铺垫锦毯，直至坐楼而止。亦既入座，合馆皆起立脱帽鞠躬，以致敬君主，亦答以礼。君后、君娣、君妹以及世子亦时降焉。

君主后妃皆无陵寝，既殂之后，即葬于宫殿之下，并

刻石肖像其上，或范铜为之，亦无祭享之礼。

一夫一妻
君主亦然

一夫只许配一妻，虽君主亦只一后，此外无妃嫔名目。近来议例鳏夫可以续娶，与寡妇之可以再醮者同，从前尚无此例。

君主君后所照之像任人摹拓，不以为亵。民间市肆多有悬挂壁间作为赏玩之具，且许陈之五都之市，以待沽者。

瓷器虽不如中土，然所制瓷花五色鲜妍，枝叶相附，形肖逼真，殊堪夺目。瓷花之外又有布制花果，妇女以之饰冠，就而见之，直与生者无异。

高跟皮鞋

妇女亦着革靴，与男子小异者，以窄小为贵，后底亦细而少高。若在屋内，亦着绸缎色履，间有绣金彩者。

夏日虽当酷暑，不着纱罗、不裸体、不挥扇，惟妇女用扇。然不必入夏，即冬日少热亦必挥扇。冬日虽当严寒，不畏霜雪、不被絮、不着皮，惟妇女或拥裘。然不必入冬也，即夏日骤凉亦或拥裘。

出言不逊
为人不齿

师之于弟不施夏楚，主之于仆不加唾骂，朋友往还更无殴辱詈诟情事。倘出言少觉不逊，群必远而避之，目为妄人，不与齿数。

御者必识全境路途，熟谙执辔之艺，乃能充当。车价有一定之章程，或且粘于车上，从无争求增加之事。

富人自置
车马

富贵人家皆自置车养马，车必精良，马必肥壮。御者冠服尤极鲜明，然皆谨驯屏息，无一毫矜张之气。每日四点钟后，一例必驾车出游一次，裙屐济济，父子嬉嬉，流水游龙，尽欢而散。

公家花园，所至皆有，且有大莫与京者。可以纵车驰骋，任意盘旋，但必以家置之车。若乘市间杂坐之车，则不准入园，须下车步游焉。

男子遇人则脱帽以致敬，礼也。然入室概必脱冠，即室中无人亦然，从无整冠坐于室中之理。女子则不然。

男女出门皆戴手套，入户则除去，当食亦除去。色以白者为贵，觐见君后时则用之，伶人登场亦用之。 出门皆戴手套

饮茶必和白糖，然有一定时刻。早晨例用茶点；午后亦用茶点，或以咖啡代之；中夜两次大餐后，亦间用殿以茶者，特不似中土人之日夕频频饮啜焉。

寄信之法：先买方寸小票一纸，粘于信面，或投信馆，或投于街头路口该馆所置信筒之中，按时有人启取，照寄无讹。或预购多纸存于家内，随时应用亦可。不须接信之人出信资也。 寄信之法

书信馆人分路投送信札，按照信面所注地址屋号随时分投，不致迟延。投信不必入户，但投于各家户外预置之信箱中。箱式外只一线之孔，内有门锁。信既投入，扣户二三声，俾内知觉启取。

新闻纸按日分送各户。凡客寓、饭店、咖啡馆，无处不备，以供人目，故随在可以索观，且不需钱。

分售新闻纸之法：沿街皆有小铺，大率皆属女流，亦有擎于手中逢人求售者。倘至暮夜不能销售净尽，亦准将所馀送还馆中。 分售报纸之法

用餐必有菜单

酒馆、饭店、客寓、轮舟等处，每餐必有菜单一纸，书明所备各样肴馔汤点，以便客人观览，或凭此挑取而食亦可。其单纸精致，或作插牌，或作册页，或仅以纸片置席间，任客传观。

腋气即所谓狐臊臭，亦曰猪狗臭，中土人亦间有之。惟西妇染此者最多，或谓多食牛羊肉之故，不必信也。

鹰洋非英洋

泰西银钱行于中土谓之洋钱，以其铸鹰于上，故谓之鹰洋。近则讹为英洋，因讹成讹，遂疑为英国所铸。殊不知各国自有所铸之洋，非此式也，此式实由墨西哥国所铸。查墨西哥国在北阿墨利加洲，与美国相近。有识洋文者谓其洋面之上本铸有墨西哥字样云。

车中入冬备暖足器

马车中及火轮车中入冬皆备暖足之器。器以铁为之，其形圆而扁，中注沸汤，时时更换。其更换之法：另具一小车，燃火其中，排列此器送至车前，一一取而调易之，殊为便速。

设食之序，水果最后。乃有蜜瓜一种，以刀分片，特进于各肴之先，不知何故。

蔬菜沙拉

蔬菜极嫩，俗皆生食。水浸沥干后，以麻油、盐、醋拌之，清新甘脆，极为爽口，可称尤上上品。

食案各具白巾一方，如中土之饭单者。然套以牙啮，编明号数，七日一换。食时各以摊置胸前，以承羹汤，兼以拭口。

卷四 出洋须知

序

自海禁开而互市之局定，各国之不通者通焉，然但见彼来，不闻此往。厥后，闽粤穷庶冒险谋生，始渐趋南洋小岛，极其所之，亦仅至英之印度、新金山、美之旧金山而止，而欧墨诸洲踪迹罕觏。同治年间，议采西法，遣使出游，安稳归国。于是泛重洋、履异域，人各有志。邦交日广，使臣分驻，商侣长征，且藐天涯若庭户矣。特是持节者尚名，负贩者竞利。其于旅居于役，要端纪载，每嫌缺略。即相与从事者，或苦于识见未充，无心详讯，偶然着笔，求适为难。往岁吾乡袁翔甫先生，橐笔携砚，历涉沧溟，迈少壮之遨游，运英耆之识见，周咨博采，务在俾国益民。凡疆界、风土、事物，情伪利弊，各辑成书。复

闽粤穷庶南洋谋生

举行程之远近，习尚之异同，动用之便与不便，服食之宜与不宜，逐一详志，另制一编，显为指示。见闻既确，纤细不遗，庶几后来之人知所适从，不致茫昧。噫，修和始事，行远要言，不外乎此，而第以馀绪出之，亦明明导吾先路也夫！

光绪十年甲申春二月世再侄同里陈衍昌拜序

洋面须知

内洋多礁石

洋面之属，在中土者为内洋，既逾中土为外洋。内洋多礁石之虞，反视外洋较险。轮舟不畏风浪，专怕礁石，故于沿海时时测量试验，设立塔灯标杆为识。所尤怕者雾耳，盖雾气迷漫，举目无见，虽有标识，其如茫然何！爰又置放气筒电气灯，以防不测，讲求之精可谓不遗馀力矣。外洋虽极恢阔，如印度洋、大西洋、大东洋茫无津涯，然亦极太平。盖风从地起，既不见地，风亦遂不厉。惟地中海浪涌较甚，以四面皆地之故。若由法至英之八十里海面，浪涌尤甚，眩晕者殊多，亦实证也。相传提防眩晕之法，宜在舱面行坐，毋伏舱中，又谓宜饱餐，束腹少紧。然西人常考究其故，谓并不关乎人体之虚壮，亦未能察得其中就理。尝见当浪涌波翻之际，几案间瓶盎食具俱

西人遇风浪不惊

倾，而西人男妇童稚皆视同固然，绝不作张皇四顾之色，翻且嬉笑作态；船主既岸然不动，饮啖如恒；仆侍辈亦自侧身奔趋，照常承值；未尝不叹其有胆有识、习惯自然

焉。故在船时，但见食几之上安排绳索维持盆盎之属，便知今日风浪之大矣。

疆土须知

天圆地方之说，至今日而始知其不确矣。西人测地则曰地球，与中土地舆之说尚不相悖。又将地球区分为五大洲。一曰亚细亚洲。中国隶焉，满洲、蒙古、西藏、新疆固属相联；即缅甸、暹罗、安南、朝鲜及日本、小吕宋亦属焉。俄之东境亦在其内。二曰欧罗巴洲。英吉利、法兰西、俄罗斯、德意志四大国外，尚有义大利、和南、日斯巴尼亚、葡萄牙、丹马、奥斯马加、瑞士能、比利时、土耳其、波斯、印度即回部亦属焉。三曰阿非利加洲。埃及而外类皆黑人，现多英吉利属地及法、荷等国属地。四曰南阿墨利加洲。巴西国、秘鲁国、智利国隶焉，西班牙所属之古巴亦在其地。五曰北阿墨利加洲。美国隶焉，尚有墨西哥国并英之属地、俄之属地、丹之属地、日之属地。大率五洲之中以中土之地舆为最大。而五洲之中英国皆有属地，亦可想见其实有囊括四海、包举宇内之意矣。五大洲之外尚有一区曰澳大利亚，即新金山，亦属于英者也。

地球分五大洲

五洲中英皆有属地

船舶须知

轮舟捷于帆船，一日约可千里。其坚利则以公司所置

轮船一日约可千里

为最。法公司船之来往中土者计有八艘，英亦如之。一月二次，一年二十四次，周年一船可行三次。船价由上海至马塞，上等客舱每人英银九十五磅（每磅合洋钱五元），二等七十一磅，三等四十三磅，四等二十八磅。肴馔以法船为较优，故搭客多于英船。若美公司及日本公司皆由大东洋来往中土，情形相仿佛。船中设大餐房，船顶设烟房，写字看书之所咸备。房舱头等每间二人，二等每间四人，衾褥巾枕皆具，厕所、浴所尤为洁净。客虽在舟，无殊居室，琴歌、棋局随意所适。

客虽在舟无殊居室

程站须知

由上海至香港二千一百三十九里，为中土内洋。由香港至西贡三千四百七十七里，为外洋，乃出界第一码头（英公司不泊西贡，以新加坡为第一码头，槟榔屿为第二码头）。再向西北行至新加坡二千四百二十一里，乃第二码头。再向北行五千七百里入印度洋至锡兰，乃第三码头。再向西北行八千一百十三里至亚丁，为第四码头。再向北行四千七百里入红海，至苏彝士河，为第五码头。舍海入河，计三百四里，出口至钵碎，为第六码头。再向西行入地中海三千八百八十二里，至义大利国拿波利城，为第七码头。向东南行一千七百二里，至法国马塞海口，从此舍舟登陆。火轮车道遍及欧洲各国，惟至南北阿墨利加洲及阿非利加洲乃须涉大西洋耳。

铁道遍及欧洲各国

税务须知

泰西各国之设关榷税也，与中土无二。惟出口货物例不征收，盖亦招致估客、图销土货之意，亦致富之道也。入口之货则以茶叶、酒、吕宋烟三者为最重。茶叶每磅征六辨士，合洋一角二分五厘。酒每斤征二先令，合洋银半元，香美者且倍之。吕宋烟每磅征五先令六辨士，合洋一元三角七分五厘。此外丝绸等亦颇重，特无此三者之甚耳。所谓暴征苛敛当不是过，幸皆为贫民所不必需之物，故亦有深意存乎其间焉。吕宋烟每人许带五十支，例所不征，偷漏者加以重罚。闻其税则年年集议，更改大概。永禁进出口之货，鸦片烟外则秘戏图是也，查出科罪殊厉。至其设关置卡之所，除城门要隘外，水道则在各轮舟码头房，陆路则在轮车房中，既易稽查又绝难偷漏，真良法也。

茶酒烟税为最重

关税年年议改

银钱须知

谚云无钱不出门，然带钱亦有诀。中外情形不同处，不在大项而在零用。盖巨款总以汇票为妥（或在上海汇丰、有利等银行换易金洋钱，每值洋五元者毫无亏折，最为便易），若随身使用之款，仍须筹备得法。香港地方与上海亦已不一。再历一二码头，若西贡、新加坡，则英法两国之洋尚可通用。自锡兰起，越亚丁、钵碎、拿波利、马塞，直抵法都，只用法国之洋，不用英国之洋。及抵英、美，又不用法国之洋。再所用皆系四开小洋，直无用大洋钱者。法国四开小洋为佛郎，英国称四开小洋为先令。当买物时，其索价但称几先令、几佛郎，即几个四开之谓，由此可以类推（先令四个约合中国洋钱一元，佛郎五个约合中国洋钱一元）。故凡自中土起程，定须向钱铺多易英、法两国之小洋钱为便，大洋钱既无所用。若日本及香港之小洋，更断断无所用之。既抵各国各码头，又当随时换其所用之铜钱，随带在身，以便给付。渡船、马车及饮酒、食荷兰水，并购馒头、水果，开发乞丐等使用焉。至中土所行用之鹰洋，乃南阿墨利加洲之墨西哥国所铸，美国人以八二折售之，以贩于中土。近又呼“鹰”为“英”，殊觉失实，不可不察耳。

法郎先令

须多兑换外币零钱

言语须知

泰西各国语言文字颇不相同。中土之人莫不以英国语言为泰西官话，谓到处可以通行，故习外国语言者皆务学英语。于是此授彼传，家弦户诵，近年以来几于举国若狂。乃航海数万馀里，除香港、新加坡，历十数口岸，并抵义大利、瑞士国、德意志、荷兰、比利时等国，皆不晓英语。舟中人颇多操英语者，至此皆瞠目不能发一言。法国距英仅千里，火轮车不过一日之期，其国中解英语亦属

欧洲多国不通英语

寥寥，与英美各国之不解法语者同。既已经历各邦，始知英语惟行于美国，即所属之南洋、印度等国，皆仍操本地土音。法语则如各国君主皆善操之，遇他国之使臣入见者必先问通法语否，如以不能对，乃操英语焉。故仅操英语殊非所宜。因思出洋，自香港至亚丁，英语尚可通问答，过此则法语为便。去法入英以达美国、金山等处，则英语乃大宜焉。

土产须知

既有土必有产。土地各有其宜，故所产有同有不同焉，中土各省皆然，外洋固亦犹是。如煤、铁之多则莫如英国；绒以法兰西为最佳；珊瑚则产于义大利；钟表、八音琴则产于瑞士能；钢炮则产于德意志；金钢钻则产于巴西、新加坡；鼻烟则产于葡萄牙；咖啡则产于巴西；吕宋烟则产于古巴；皮货、银器则产于俄罗斯；毡毯、布匹则产于美国；鸦片烟则产于印度；酒则产于义、德、和、英各国，而以日斯巴里亚为最盛。

英国盛产煤铁

古巴盛产雪茄

气候须知

春夏秋冬，四时成序，寒来暑往，更迭有常。乃出大洋，历西贡、新加坡等处，则竟四时皆夏，草木不凋。其土人生平不知霜雪为何物，不但裘可不披，即絮亦可不

南洋四季如夏

拥。故人皆常年披单衣、赤双足，虽深冬犹盛暑然。循洋而南，暹罗、印度等界皆如之，缘距赤道最近故也。以上各处气候既暖，日影亦较短。中土以三四月之日景为最长，而该处则交卯始启明，交酉即已落日。既渡红海达埃及国境，天气乃少凉爽，景亦渐长。越新开河入义大利界，则又与香港相仿佛。及抵法兰西、英吉利，虽夏犹春，终年或棉或夹，若纱葛直无所用之。德意志、荷兰、比利时亦相似。故我国官民之寄居彼处者，常年暖帽，不换凉冠，亦绝无脱帽露顶之时。而其国俗则仍有避暑名目，凡富商官绅届时必暂游他处，或四礼拜或六礼拜不等。议政院停议政事，诸学堂停止教习，年例如是，殊不可解。惟是时日影则极长，寅初即已启明，戌正尚不断黑。交冬则又极短，辰初始启明，申正即日昃。若俄罗斯境，则当日长之候每日只断黑一时，及日短之候则累日不见太阳，昕暮燃灯取亮。凡此，皆缘地球绕日而行，中有斜正参差之故。

英法虽夏犹春

国俗仍有避暑名目

极昼极夜

至于雨水之不同，则印度洋、红海之间地皆不毛，可以终年不雨。其亚丁一区竟可以三年不雨，五年不雨。英吉利雨水最多，有甚于法兰西，然一日之中可以时晴时雨，亦可以随雨随晴。且街道清洁，沟浍疏通，雨滴一停便堪行走，绝无泥泞沾濡之苦。惟冬日多雾，车马行人往往相撞于道，出必播铃扬声，入防误扣门户。故届时往往有避居他国，或暂寓乡间，如夏日避暑者然。此又不可不知也。

英吉利雨水最多

禁忌须知

古云入境而问禁，可见境既不同则禁亦有异。西俗好洁，首禁污秽作践。一室之中、一几之上，皆不得狼藉龌龊。衣服冠履亦禁尘垢，故衣皆一日一浣濯焉。每食之，几各具刀叉一事，一肴一易，托盘亦然，不得苟简，即以前具恣取后肴。又传餐到座，其器中自有刀叉一具，以备攫取，亦不得以自用之具随手入器。凡自己已用之器，不得再以奉物与人，中土则不甚拘，西人则为不敬。又不得任意闯入他人之室。室必闭门，即须面晤，亦必立足门外，以手轻扣两声，俾其开门或答应有声，乃可径进。遗矢之房皆有水管，以涤污秽。既遗之后，必当随手提水涤去，不得不顾而去。便旋则有一定之所，不得随处任意。痰必有盂，不得乱唾。烟亦有房，不得时吸。凡遇妇女，或行或坐，或入筵席，必当让其当先，不得僭越。又遇饮酒之际，或作呃逆之状，群将趋避之不暇，盖惟恐呕吐作践故也。相遇寒暄不得叩其年齿若何，老成者闻而不答，黠者或答以为日正长。亦不得言及粪秽、大小便龌龊等物。若地面不铺毛毯，几上不加绒毡，食时不用台布，居室不掩门户，皆不以为然，必加讪笑焉。

西俗好洁净

一切妇女优先

嗜好须知

人性不同，故嗜好亦不一。既入彼疆，自宜以得悉其嗜好为便。因考泰西各国所嗜好，中土之物总以茶叶为最，近来亦极知考究。无如中土所贩洋庄，皆非上品，本质既搀杂不纯，又复妄加伪色，殊不足重。如精选上品之货，以十二两为一瓶，或六两为一瓶，装潢精致，虽重价亦不吝也。其次则瓷器，亦须以乾隆以前之窑为贵，脱胎者尤佳。大小盘心花纹要细，务钉作壁上观。花瓶亦重。绸缎须拣厚实之料，可以搓揉无皱纹者，色则以浅为宜。皮货则花灰鼠、金银狄、白银鼠为珍贵。此外则檀香所雕各物，竹刻各器。绣货以极细为宜，如松江顾绣乃妙。古董则以旧锦为最重，石器次之，玉翠则不甚重。可作持赠之小件者，则折扇为宜，然须极大头号，一面绢一面金，描写着色花卉者为宜，断不可画山水人物。若康熙、顺治两朝制钱，及京苏各式妇女绣鞋，皆所珍爱，盖以不经见为贵耳。因思南省水牯牛一种，遍游泰西不见此物，倘由轮船载往送入博物生物院中，定亦邀夫爱赏焉。

泰西嗜好中土之茶

绸缎须拣厚实之料

赠小件以折扇为宜

物价须知

出洋之人无不乐购洋物，以为货物道地，必佳且廉。殊不知物之佳与不佳显而易见，而价之廉与不廉理实难明。往往询一货价，较之中土反贵若干，皆言出不二，无从较量锱铢。及询其故，方知泰西税则，凡一应货物出口往他国贩售者，概不征收分毫。而各船载货他往，水脚殊轻。若在本国开设市肆，则入城有税，各事有捐，房租即昂不可当，店用又侈难俭省。况复销售延缓，遥遥无期，较之出贩他埠者，不过水脚及该处进口一税。且大宗整趸便于转输，相衡之下，其势安得不昂？且零星机巧各物与夫一切玩器，为大商巨贾所不屑贩者，尚可购取。不察乎此，而贸贸然以市货为务，其中吃亏实属不少。然近来大宗货物亦难操券获利，缘电信大速，各路货色之利钝可以顷刻而知，一涉迟滞便令人占我先，故亦未易措手。若代客买卖，经手提用或九扣或九五，事与中土一例。至于以金钱易银钱，以银钱易铜钱，则皆进出划一，无早晚时价之不同，与中土大相径庭。并悉银行子金不过四厘多，亦无逾六厘者，是借银利息则较中土乃大贱云。

洋货较中土反贵之

本国售卖成本过高

借银利息远低中土

衣服须知

自广东香港为始，即已四时皆春，但须薄棉以备雨之暂凉耳。单夹最为适用，若皮虽小毛亦无所用之，徒重箱笼耳。由香港前进，则其热渐加，不数千里便着夏衣、挥折扇，澡浴纳凉，昕夕同之。必过红海后天气少和，至法、英界渐渐调适。及美国地方则与中国四时一样，然棉则足矣，皮亦究可免焉。大率夹呢一裹，元棉夹半臂，法

美国与华四时一样

兰绒衫裤最为便当。白咈布短衫裤则宜多备，鞋袜亦然，以其地无人裁制，亦无处售买故也。至于被褥枕头，皆不必带，缘轮船舱中既置备洁净，即各处客寓中亦皆齐全尽有，华美胜于自制者，数日更换洗涤一次。间有携带洋毯一条者，然不如购自外洋之为美也。若洗濯衣服之人，随处皆有。到一码头，凡例应泊船一周时。船一停轮，即有人乘艇登船，收取垢衣代为洗濯。次日动轮之先自必送到，决不延误。其工资大约一洋二十四件。至各国洗衣作场，甚有以机器从事者，亦为一项大行业焉。冠帽或呢或绒，一顶足矣，若皮及凉纬帽皆无所用之。平时小帽，纱、夹两种为宜，亦宜多备。礼服则宁绸夹一裹，天青缎夹、马挂各一事，冬夏咸宜矣。白咈布短衫外，夏则加以金银罗、黑茧丝、黑纺绸、栲绸等。对衿短服，冬则加以青大呢、芝麻呢，如长袖马挂式，袖口五寸，不得过大。前项各式，骑裤尤为合宜。

洗衣工随处皆有

呢绒冠帽一顶足矣

食物须知

饮食一节，作客最当调适。虽曰口之于味有同嗜，然地分中外，相隔悬殊，故亦有断难强同者。倘不食牛羊，则亦大不便，缘西俗以此为常餐，每食必先之。且他品之中亦必杂以牛油、牛乳之类。若米饭则轮舟中犹有备者，一登岸则不可得矣。况当进饭之时，每人不过一二勺，例以加梨一菜佐之。加梨不知何物，其性最热，杂以牛油，

不食牛羊访西不便

加梨（咖喱）

味烈气膻，不堪入口。故虽有米饭，如虚设焉。面包（即馒头）则听客饱啖，佐以他肴，原可果腹。惟除初登案时，各进以牛汤一杯外，此后四五肴皆无羹汤，亦属不便。西人则以冷酒凉水润喉，中土之人冷酒或可少尝，凉水则何能入口，此更大不便者也。然随带食物既多，不能耐久，又不能携入几筵，惟有在卧室之中随时少啖，庶乎得宜。约计物之可以经久而最便者，除茶食干果外，如南京之炒米、杭州之藕粉、扬州之金果粉，此等以沸汤一调便成，不甚费事。又如茶叶、笋干、淡菜、虾米、茶膏、青盐橄榄等物，皆可持久。他物登舟即坏，断不值得。至于糖、盐、蜜酱、芥末、胡椒、生姜，则随地皆有，不逊中土之货，殊不必携带。如带水旱烟者，必须于动身之前烘晒极干，否则登舟即霉，不堪入口。然呼吸水旱烟时，在舟必登于船面，在岸亦不得携入大餐房中，皆有一定吸烟之所。且此项关税极重，一经查留，每包烟需罚税银至二元之重，则亦何如不食之为妙耶。若鸦片烟，则查禁綦严，尤不可带。

宜带耐放之吃食

水旱烟罚税极重

用物须知

自来出门之人，乘搭舟车总不宜累赘。倘随带物件众多，势必烦人照料，少不谨慎，失落堪虞。况乎出洋例难多带，缘除货物外，随身行李皆有限制。定为每人若干磅，分两重则加税，殊不值得。然应用之物决不可少，自

出洋行李皆有限制

当择其必需者，而弃夫所不必需者焉。今将必需与不需分
必需之物 别载明，以免疑虑。必需之物：纸墨、笔砚、梳篦、碗箸、茶壶、痰盂、鞋拔、耳挖、耳捻、时辰表、指南针、缙绅录、月份牌、长香、牛皮垫（为度赤道洋面时必不可少之物）。
不需之物 不需之物，如被褥、帐子、马桶、便壶、面盆、漱盂、手巾、脚巾、烛台、油盏、酒壶、酒杯、纨扇、葵扇之类。至于箱笼，须用外国所制为贵，或购广东之皮箱，否则轮船、轮车上下搬运时任意抛掷，易于损坏。拜匣亦然。故随身置物，亦以购用外国之夹皮袋为最宜，此物香港、上海洋货铺皆有，其口有锁，可当小箱用也。

药物须知

远适异国，动辄经年，寒暑不时，难保无疾，此药物
必备之药物 之不可不备也。所最要者：神曲、痧药、午时茶、卧龙丹、紫锭、头痛膏、高丽参、青麟丸。高丽参取别直一种，切成厚片，随带在身，以备舟中眩晕卧不能餐时，随意咀嚼以充饥而补益。人参有佳者更妙。若欲呕吐，则以所带食物中之青盐橄榄含之，可以自止。青麟丸则为通利大便之用，缘舟中木能生火，加以煤气熏灼，大便往往艰难。况日食牛羊，倘或停滞在胸，为患殊非鲜浅。此丸中有大黄，故为最妙之药，千万不可忽视。有用外国药房所制通利大便之丸，谓其中大黄制练得法，不甚伤人，皆经试验不爽，此亦不可不知也。

卷五 海外吟

序

昔东方朔作《十洲记》，张华作《博物志》，其状海之奇，历历如绘，大抵假托神仙，侈谈怪异，如庄、列之寓言耳，岂尝身履其地，目睹其事乎？不谓数千年后，竟有见所未见，闻所未闻，遨游海外至十万里之远者，斯亦奇矣。袁君翔甫，负不羁才，尝有志出游天下，困于遇，郁郁居沪上者有年矣。去年春，唐景星观察有泰西之游，招君偕往，君欣然就道。由南洋而达西洋，绕赤道、逾红海，番舶所经、车轮所至，见夫风云之变幻、波浪之惊骇、山川之怪奇、人物之诡异，或记以诗篇，或著为论说。足迹所及者，凡十有馀国，足以补《拾遗记》之未详、《山海经》之不载，可不谓奇观欤？君所至，彼都人士既群聚而观我天朝之名卿大夫出使于其国者，亦争相延致，授餐适馆，饮酒赋诗，坛坫盛事，行于海外，此诚亘古所未有也。盖君以才人之后，而又夙负盛名，宜乎识其面者倾心推毂，尊为上宾。君虽不遇于时，而生平之抱负至此而一吐其奇，亦可以无憾矣。虽然，予尤有感焉。当今中国下交列邦，修玉帛之好，弭兵戎之衅，所以怀柔远人者，无不出之以宽仁，非示弱也，亦欲以圣贤之道化及蛮貊耳。彼海外诸国苟能诵乎诗书，习乎礼义，以渐去其异端之习，以隐消其贪诈之私，出自幽谷，迁于乔木，风气有不一变哉。而惜乎夜郎自大者，犹欲日寻干戈也。君之归也，出其所著以示予。予读之，有不能已于言者，因书以序之。

光绪十年岁在阏逢涒滩如月上海葛其龙隐耕甫序

赠章

癸未三月中浣，翔甫大令应聘出洋，壮游各国，诗以送之，即用其祝寿原韵

婺源　齐学裘（玉谿）

简公真是鲁灵光（谓令祖简斋先生），海内文名独冠场。先子昔曾蒙爱切，令孙今又著书忙。远人金帛征筹笔，大海波澜侑举觞。行遍沧瀛十万里，归来游稿定充梁。

翔甫先生应唐景星观察之聘，将有泰西之行，赋此赠别

仁和　孙丗瀛（泳甫）

英名畴不重才华，况复新乘万里楂。从此旷怀增倜傥，惊人险句更搓牙。

车书一统际昌时，万国衣冠争赴驰。历览奚须夸亥步，海邦何地不征奇。

遍赏名区称伟才，梯山航海尽徘徊。倘教作传垂家乘，又显奇游第一回。

翔甫先生有海外之行，诗以送之

归安　张兆熊（遂生）

杨柳依依李杜坛（君所居曰杨柳楼台），袁丝才调海天宽。乘风破浪三春别，杯水坳堂一样看。讵意殊方兼绝国，忽瞻凤逸与龙蟠。鸡林自昔能推重，想见诗名震淼漫。

翔甫先生素擅诗才，久为沪邦所共仰，今应唐景星观察之聘游历海邦，见友人有赠行诗三章，因步其韵，即以赠别

钱塘　卧霞逸士

楼深蔽柳隐才华，未必情殷泛海楂。讵奈高怀际奇遇，乘风万里指樯牙。

人生显晦本随时，得志何妨绝域驰。身历万邦名万古，男儿似此亦称奇。

问俗观风重隽才，山川形胜任徘徊。绘成异域名图献，始信珊瑚铁网回。

送翔甫先生之欧洲

吴县　徐邦（逸生）

吾友仓山主，文章倚马成。有书兼有笔，能说更能行。慷慨逢知己，从容赋远征。鹏程十万里，壮志孰堪争。

翔甫先生应聘出洋，登程匆促，余得信少迟，未获恭送，诗坛领袖，遽赋长征，回首当时，益增离索，衷怀眷眷，不能无诗

吴县　管斯骏（秋初）

利涉羲爻筮大川，寻源探宿迈张骞。鲸涛激雨供诗料，蜃气成楼悟画禅。一镜遥飞青海月，双轮稳送夕阳船。袁丝妙句今成谶，果到中华以外天。

携将书剑惯离家，志壮何辞路太赊。九万程途囊健笔，一天星斗泛灵楂。中朝柔远和邻国，大令征奇访物华。真个长房能缩地，与君同渡水之涯。

当年偶现宰官身，卓有循声著海滨。难得殊方资识见，快从异境洗风尘。冠裳大雅来名士，肴核纷陈享远宾。一统山河扬帝德，碧瞳蛮语笑相亲。

不让前人汗漫游，此行直到海西头。采风去日携吟杖，大著归时压浪舟。似我栖迟山陇笑，如君气度野云

俦。遥期拿棹还申浦，快述奇闻浣客愁。

翔翁仁丈远适异国，同人饯别于鸿云楼，即席赋赠

长兴　臧道鸣（冶夫）

尺蠖频年屈未伸，襟怀旷达不尤人。得时驾岂池中物，待价沽原席上珍。沧海六鳌瞻气象，青天一鹤见精神。乘风破浪生平志，万里欢迎莫问津。

乘槎浮海岂初心，既倒狂澜慨至今。讽世诗歌吟白遍（君新刊《海上吟》，多讽世语），惊人气宇仰千寻。蟾辉远带船头去，蜃市偏邀屐齿临。定有奇文驱鳄易，讵徒声价噪鸡林。

昂昂千里有家风，九万鹏程指顾中。胆大于天心自细，才宏似海气尤雄。殊方问俗资谈笑，异域倾怀默感通。此会莫辞同一醉，归来矍铄羡诗翁。

读翔甫先生舟泊西贡作，和原韵

江都　李毓林（默庵）

酒赋琴歌几度同，游踪历历溯胸中。我求蕲艾三年蓄（余一病缠绵甚久），君访蓬莱一水通。积学袁丝嗟际遇，忧时庾信慨兵戎。乘槎载有如椽笔，毕竟书生本色风。

题翔甫先生海外吟

上海　葛其龙（隐耕）

域内游观未足豪，谁从遥海泛征艘。阅残变幻千般

景，见惯奔腾万顷涛。化外采风及蛮貊，空中掷笔走鲸鳌。归装别有乘槎记，快读奇文下浊醪。

读翔甫明府海外吟偶成

阳湖　赵宏（子钦）

仓山旧主诗无敌，惊世文章震海涯。寄语他邦休咄咄，人才自古出中华。

男儿何必觅封侯，福不如人名可留。环海遨游十万里，欧洲风物一囊收。

海外吟上

癸未暮春，唐景星观察招作泰西之游，倚装赋此

掉头不顾九万里，男儿壮志当如此。矧我苍茫独立身，牵裾挽袂无妻子。斯时不游更何期，招邀情重尤难已。一诺能轻海外行，几人默喻此中旨。蝼伏春申三十年，世事过眼如云烟。楼台一角栖迟惯，杨柳数株情绪牵。撑胸磈礧多难忍，日把酒杯浇不尽。前途剧喜海天宽，吐向沧溟镇蛟蜃。心无渣滓气益豪，高吟不觉青天高。更掬洪波洗双眼，明察所历穷秋毫。不愿空赋壮游什，不侈旷观万顷涛。但期归作异域志，纵谈任我倾香醪。

三月十二日自杨柳楼台登舟，留别海上诸君子

一角楼台乐事便，无端鼓兴效张骞。寄生尘世谁非偶，游到沧瀛即是仙。家计不须劳摒挡，客怀随处且留连。此行磨就三升墨，细写中华界外天。

抛却春光赋远游，离筵饮遍谊难酬。功名早薄千钟禄，身世原同一叶舟。别后相思劳入梦，归来奇境话从头。只惭空载新诗稿，添缀垂杨小画楼。

抵香港

山势嶙峋立，天然此要津。雄图当外户，失算付他人。花木蓬蓬暗，楼台面面春。涛声呜咽甚，何以庇吾民。

舟泊西贡感而有作

此出洋第一程，本属越南，今为法踞，惟土人服色尚未之改。

越南山色浙西同，暖翠浮岚指点中。树列青葱名不识，人饶妩媚语难通。伤心沃壤资强御，脱手岩疆付寇戎。二十四年兴替感，空馀被服想遗风。

新嘉坡原名呩叻，为柔弗人所居，英人利其地，踞而有之，其中流寓华人极夥，闽居其七，粤居其三，皆能温饱，诚乐土也

郁郁葱葱气实佳，天留海外好生涯。多他开辟蚕丛力，补斡功堪媲女娲。

不必移民民自至，不须移粟粟常盈。四时雨露无霜雪，草木欣欣总向荣。

家家营得好菟裘，高驾骅骝任意游。银烛两行宾四座，居然南面小诸侯。

不堪前此溯荒芜，六十年来景象殊。实为吾民开乐国，漫矜他族展舆图。

锡兰岛临印度洋，初属印度，今亦属英，辟草莱而成重镇，具征经营之力焉

一入锡兰境，民犹太古风。殊形疑佛子，异宝出蛟宫。树色终年翠，山花触目红。经营劳上国，偏不称鸿濛。

列岫如屏障，葱笼矗水滨。南荒留沃壤，中土少流民。设险图谋远，开疆气象新，只虞桑海劫，依旧付荆榛。

舟行南洋三十馀日，苦热日甚

洪波如鼎终朝沸，赤日行空似火添。不惯趋炎才泛

海，谁知海外更炎炎。

亚丁登山作

地近赤道，山多不毛，以无淡水故。初无居人，英人为其当红海门户，建筑炮台，驻兵扼守。凿山开道，叠石成池，储石炭以济轮舟，盖殷殷着意焉。

不毛曰童山，今从海外见。壁立千仞高，往来只飞燕。地灵闳不开，天心漠弗眷。不雨恒三年，炎飚终岁煽。刍秣叹何从，人兽嗟不便。此之谓石田，亦宜号荒甸。西人曰否否，形胜实关键。凿石成街衢，开山当喉咽。雄关立巍峨，羊肠通一线。功比女娲强，力逾五丁健。更念水为养，缘山承突淀。重叠作沟池，百倍千金堰。汲饮既有资，居民乃安宴。廛市日以兴，甲兵及时缮。不惜府库财，务使海邦奠。览胜长嗟吁，人力沧桑变。

舟中与日本柴田承桂同舱，系赴荷国赛珍会者。人别中东，床分上下，相聚三十馀日，行将分道，不能无诗

不曾倾盖便同舟，上下床分实等俦。君自国中承使命，我于域外逞遨游。全凭笔墨通言语，聊把诗歌作献酬。归舶倘教东海过，愿从胜境豁双眸。

柴田君以诗见赠，依韵报之

新诗一读□欣然，疑遇蓬瀛谪降仙。眼底汪洋无岛

屿，笔端挥洒有云烟。国因自主方称霸，人果能游定足传。此别不知何日见，会当意外续前缘。

附原作

万里随君岂偶然，淮王鸡犬伴登仙。帆边共听印洋雨，篷底同看苏峡烟。大西士风钦博雅，小仓诗派见真传。一楂何日载吾去，沪上重寻未了缘。

苏彝士河本沙漠地，法人里息勃斯创议凿成，以通舟楫，免绕大洋二万馀里之远，虽费金钱无算，然河成而颂声作矣

河成一线万人歌，亿兆金钱未足多。抛却汪洋程二万，者般功德实巍峨。

钵碎驿为埃及所属，近亦隶英，初以沙漠，绝无居人，苏彝士河既开，此地遂成廛市，由此乃入地中海，亦要津也

钵碎玻璃寨，称名译不清。昔为沙漠地，今俨峙严城。

河海当关键，经营未可疏。惊心惟石炭，百万及时储。

登火山作

山在义大利国拿波利省之东南隅。

不信人寰有火山，今从海外一跻攀。端宜附热趋炎辈，筑室移家老是间。

罗马古城

古人不可见，茫然入古城。古城何所有，一一目前呈。沉埋二千年，倏睹大光明。室庐如棋布，列肆尚纵横。废井清可汲，短砌苔藓生。所异垣壁间，涂饰色晶莹。阒寂无行踪，升阶犹怦怦。难得有心人，搜剔力精诚。古器善庀藏，逐一标以名。著书付载籍，图形任品评。即此悟造化，显晦安可争。游毕重欷嘘，地底多精英。

火轮车中作

每食蛾眉皆列坐，今朝有女更同车。问卿促膝谈何事，笑我凝眸误当花。作态全凭腰束素，忘形奚必面笼纱。留将香泽匆匆去，犹自回头理鬓鸦。

义大利花地观剧作

也宗优孟竞登场，尽相穷形百样妆。看到动人情绪处，一回鼓掌一回忙。

团团列坐圆如月，中有嫦娥杂几行。幔自卷舒屏幻景，却从台下奏笙簧。

观妓作

画楼妆点竞奢华，簇拥迎宾貌似花。藕露双弯山耸玉，祖怀相示笑声哗。

不待通词偏善谑，未曾入座已生香。泥他一种蹁跹态，曳地裙拖七尺长。

登教堂石塔

山欲青云置此身，千盘石级太嶙峋。不登绝顶留馀步，偏喜回头顾后尘。渺渺毫巅犹有路，茫茫眼底竟无人。填胸多少生平恨，差幸凭栏气一伸。

山行杂咏

才穿山腹又山腰，终日盘旋历碧霄。忽觉前峰头尽白，那知积雪未曾消。

重重山色与湖光，明媚还应逊故乡。一幅丹青浓着色，极经营处极苍凉。

全凭一个洪炉力，鼓荡浑如万马行。飞鸟翩翻争上下，是何神智任纵横。

料理中途客止饥，不分男女坐成围。匆匆一饭登车去，依旧穿云入翠微。

一洞才穿一洞来，洞中洞外昼昏催。人兮谁曰不如鸟，耳际惟闻响阵雷。

明明水尽山穷处，凿险穿幽境太奇。莫讶此身高百丈，暗中磨折少人知。

瑞士能乘小轮车登湖上诸山

地以湖山胜，邦原滕薛同。登峰车有齿，入雾客无踪。瀑布垂垂白，岩花簇簇红。者般幽绝境，偏遇绮罗从。

行至云深处，刚逢雨意酣。浓皴山泼翠，淡抹水拖蓝。楼阁千重列，裙钗几辈探。乡心凭触动，归梦到江南。

巴黎四咏

得胜楼

楼为法旧君拿波仑第一纪功所筑，高二百七十馀级，环楼通衢十六道，登楼四顾，全城在目。计费银百万，功尚未竟。石基坚固无匹，诚伟观也。

也是君人盖世豪，秦皇汉武等勤劳。未知功德巍巍处，可与斯楼一样高。

战败图

高筑圆台，周悬画景，绘当年德兵压境时法人战败状，尸骸枕藉，村舍丘墟，形肖逼真，无异临阵作壁上观。其留示后人之意，盖欲永不忘此耻辱云耳。

绘出当年战鼓音，追奔逐北惨成擒。至今昭示途人目，犹是夫差雪耻心。

生物院

院方广十馀里，罗致各种鸟兽鳞虫、花草树木，分类蓄植，供人游玩，多有不识名者。惟犬类太繁，嗥嗥群吠，殊无谓也。

飞潜动植尽收藏，类别群分任品量。最是恼人游兴处，嗥嗥犬吠太猖狂。

蜡人馆

以蜡土抟人，形状逼肖，凡往昔近今智能勇功之士，皆摹像其中，分室装点，纵人平视。虽君后之尊亦杂置，而不以为亵。

但从民望把形图，君相舆台一例摹。抟土为人何太巧，亲承謦欬直无殊。

端阳口占

已是轻罗细葛天，风风雨雨尚衣棉。端阳节候重阳似，世上炎凉序忽愆。

刘康侯参赞麒祥赐读尊公霞仙中丞蓉《养晦堂诗文集》，赋此志谢

煌煌大集耀寰区，盥读香先爇玉炉。一代勋名追管乐，千秋著作媲欧苏。无时或释当朝眷，有子堪为绝国需。许我拜嘉须记取，归装珍重胜璠瑜（承许归时见赠一部）。

曾劼刚袭侯纪泽召饮使馆，即席赋呈

海外今才识凤鸾，固宜人当重臣看。夔龙事业赓歌易，韩范勋名接武难。即此丹心照异域，全凭赤手挽狂澜。拓开眼界知何许，大地浑如一弹丸。

频年西顾海云沉，煞费和戎魏绛心。胸有千秋临事

慎，目无馀子爱才深。片言能使邦家重，一见偏教痼瘵钦。领取十分优宠意，沧溟阔处逞狂吟。

附和作

湘乡 曾纪泽（劼刚）

钟山烟嶂峙龙鸾，白石青溪次第看。剩有随园踪迹在，邈然芳躅步趋难。春风煦物和如醸，秋水为神静不澜。私淑有年成底业，心惊日月跳双丸。

胜迹楼台已陆沉，翠微明月照亭心。肯堂赖有文孙健，倾盖先知积学深。仆仆宦游同李石，翩翩书记似繁钦。惠然贻我奚囊句，角调清于出塞吟。

巴黎喜遇刘康侯观察骐祥、庆蔼堂刺史常、曹翼斋金咏、益堂恩浩昆玉、张听帆太守斯栒、潘景周承烈、谢智卿先任诸君子，朝夕过从，更番导游，赋此奉酬

同是中原客，偏从异域逢。更番称胜景，相导呈游踪。倾盖情可笃，衔杯兴愈浓。此邦竞奢侈，朴俭也堪容。

群才供幕府，王事想劬劳。报国心同瘁，忧时目久蒿。羁怀沧海阔，古谊白云高。预订重逢处，春申醉绿醪。

伦敦寓斋感怀杨柳楼台，兼寄海上诸君子

一从挂席赋长征，四届蟾圆瞬息更。杨柳果能牵别

绪，楼台毕竟冷诗盟。每惊到眼风光异，偶值销魂感慨生。追我行踪三万里，喜他明月自多情。

年年征逐绮罗丛，酒赋琴歌兴不穷。一别无端沧海外，五更有梦渺茫中。奇难共赏嗟予独，美弗胜收叹鬼工。苦恨万重云树隔，遥天漠漠盼飞鸿。

泛舟天士河

河亘穿伦敦城，屈曲绵长数百馀里。两岸绿阴藉地，芳草连天，游人男女杂沓，三五成群，皆自荡小舟，溯流容与。或垂纶，或聚饮，洵讦且乐，大有溱洧之遗风焉。河中建牐障流，水势高下相距盈丈，船集则启，船度则闭。其制极灵，所费可想。是日，主人𪚥君邀乘小火轮舟，泛乎中流，团坐饮啖。主妇挈幼子更迭献酬，情意周至。归舟率成四截句。

百里潆洄水蔚蓝，沿堤风景似江南。呼朋镇日嬉游去，打桨鸣桡兴共酣。

翠袖红裙斗靓妆，泥人纤手掉轻航。更寻芳草如茵处，席地纷纷竞举觞。

不是山巅即水湄，朝朝访胜史探奇。怪他握算持筹手，也有闲情理钓丝。

青溪曲曲牐重重，障得波流款客踪。不惜黄金留胜景，漫将虚牝诮司农。

陈松生远济、杨商农书霖两参使、凤夔九观察仪招饮酒楼，赋此志谢

异地相逢尽俊贤，招从阿阁敞琼筵。情深倾盖无人介，礼失抠衣不我愆（客中无礼服未敢趋谒）。座上谈谐皆蕴藉，盘中肴核总甘鲜。惊心风味殊珍贵，陋煞何曾侈万钱。

附和作

茶陵　陈远济（松生）

酒清为圣浊为贤，回首名园旧绮筵。胜地湖山犹识主，诗坛步伐凛无愆。壮怀磊落沧溟小，醉墨淋漓岛屿鲜。更饮莫辞过一石，金貂解质不须钱。

长沙　杨书霖（商农）

昔尊彝鼎景名贤（谓令祖随园先生），今对瑶瑜醉锦筵。纵饮未能过八斗，清谈先已戒三愆。故园俯仰湖山占，异域流传姓字鲜。和罢阳春同一笑，海天风月不论钱。

蒙古　凤仪（夔九）

范砚摩挲启后贤，郫筒邂逅赋初筵。名山久占贻谋远，壮志休嗟膂力愆。遍历沧桑看世变，闲拈风月入诗鲜。即今四海为家日，快睹西戎贡币钱。

叠前韵再酬松生参使

惊座家声冠世贤，清谈娓娓领当筵。风尘有幸叨垂

盼，草野无知冀盖愆。似此奇才琛其重，颁来佳句锦同鲜。怀柔多赖匡襄力，原是人间万选钱。

叠前韵再酬商农参使

如雷久已耳名贯，既见心降玳瑁筵。落笔无文应谅拙，执鞭有愿盼绳愆。惊人品格千寻峻，惠我诗歌五色鲜。莫道唱酬等闲事，胜他虚牝掷金钱。

叠前韵再酬凤夔九观察

不辞劳瘁洵称贤，有鸟高飞动四筵。国事每能襄硕画，邦交驯使悔前愆。浑忘涉险波涛壮，博得酬庸雨露鲜。好句拜嘉勤什袭，胜叨十万买山钱。

伦敦行

伦敦之城何其丽，伦敦之市何其喧。伦敦之民何其庶，伦敦之车何其繁。肩相摩兮毂相击，男女相杂忘朝昏。穴地为涂势不杀，犹复来往无停辕。君后之居华屋等，官民舍宇无卑尊。园囿大或数百亩，万人如海乐郊原。学塾一千五百所，积书一任人抄翻。艺事概以机轴胜，范形陈列待讨论。金玉瓦石别其类，虫鱼鸟兽分其门。广收博采萃一院，逐物一一穷其源。电线行空密如网，顷刻能传万里言。画图神妙夺造化，万金之价逾玙璠。有益无益物咸备，力推陈去新争翻。长安之居大不易，此邦尤甚伤元元。人定胜天设言耳，觇国及此声应吞。吁嗟乎，絜麻不植布帛盛，禾黍不足食货屯。牛羊不絜氈毹具，曲蘖不务酒盈樽。富强之名甲寰宇，何缘独荷天殊恩。始知民生在勤耳，一语道破奚须烦。君不见中朝治世皆如此，手胼足胝可以追羲轩。

伦敦客次小暑节偶成

小暑浑无暑，凝晨怯嫩寒。衣皆辞鲁缟，扇悉屏齐纨。地异风光异，天宽气宇宽。今年忘盛夏，客邸梦偏安。

游万生院纵观所蓄鸟兽虫鱼，有目未经见者，各系一诗

犀

三角位置奇，顶额鼻重叠。似豕还似牛，无鬃更无鬣。

鼍

巨如象无鼻，蠢如牛无角。庞然蹲水中，亦自有其乐。

狮

鬣长面亦长，图形全失实。不愧百兽王，威重果无匹。

豹

亦既负文章，不合张凶焰。寄语世人知，貌美心多险。

大暑节口占

年年避暑费商量，今届骄阳竟敛芒。怪煞此邦无赵盾，重棉犹怯晚风凉。

博物院壁上喜见谢湛卿刺史国恩小影，率成二绝，邮寄代柬（时新补高邮州）

镜里分明认故人，何缘海外忽相亲。尊罍彝鼎纷陈处，参列端称席上珍。

峨冠博带宰官身，异域咸钦面目真。寄语秦邮新刺史，勉图麟阁迈群伦。

伦敦假馆肇兴公司，喜居停主人南粤梁星垣诸君子推襟送抱，雅意殷拳，临行走笔，以当鸿爪

匝月留连赖主贤，羁愁旅恨一齐捐。能开商市重瀛外，同放豪情斗宿边。访胜不辞排日伴，论心常废半宵眠。此间难得朋簪乐，老我犹牵万里缘。

寄怀赋秋生营口戎幕

信是人间未易才，英年倜傥众交推。偶然投笔征豪健，遽尔分襟累溯洄。紫调红腔怀旧稿，黄沙白草逞新裁。我从域外相思苦，应有吟魂入梦来。

寓斋默坐感而有作

卅载名场阅历奇，黄粱梦境少人知。有才不幸生今日，无命何须卜异时。身后是非诗数卷，眼前娱乐酒千卮。浮云富贵参来澈，心太平兮百事宜。

前读刘霞仙中丞《养晦堂集》，敬题一律，兼赠哲嗣康侯观察，兹承次韵见酬，再叠前韵以报之

盖代才华隘九区，一编寿世几锤炉。象贤快睹箕裘绍，济物曾教草木苏。宇内争传无价宝，人间难得适时需。击钟以莛滋惭愧，翻引佳章胜握瑜。

附和作

湘乡　刘骐祥（康侯）

胸次江湖汇具区，篆烟长绕博山炉。清谈融会东西晋，妙笔规模大小苏。避世英贤邀共隐，匡时卿相定相需。数编蠹简前徽在，更赖先生表瑾瑜。

七月六日立秋节偶成

节序又惊秋，流光似水流。天催旋斗柄，客尚滞瀛洲。异域同风露，来宵会女牛。喜无桐叶落，只当夏仍留（泰西各国树木甚繁，惟不产梧桐。诗云“梧桐生矣，于彼朝阳”，或泰西地近夕阳，故无此物。益叹诗人之咏物其确切也如此）。

七夕有感

人间懊恼当今夕，天上欢逢又此宵。况复重瀛相间隔，较他银汉更迢迢。

目断楼台何寂寞，心伤杨柳渐萧疏。双星不谅孤栖苦，耿耿骄人月上初。

西人妇

西人妇，尊居右。曳长裾，揎窄袖。言不从媒妁，命不遵父母。年逾二十一，婚姻自匹偶。男女杂坐无嫌疑，叔嫂未妨相授受。尊卑致敬承以吻，宾朋乍见握以手。笑言弗忌遇诸涂，肉袒乃堪觐我后。客造深闺闼径排，夫妇内阃扉烦扣。登筵先让美人身，入座亲牵上宾肘。拔刀割肉邈群曹，把杯纵饮倾一斗。雄谈落落指挥豪，细语喁喁情意厚。玉山高耸乳如酥，金缕轻飏腰若柳。罢饮争弹琴抑扬，传书解识字蝌蚪。能事原足表裙钗，忘形殊嫌无牝牡。老我偏入蛾眉业，怪他不作狮子吼。更惊凿凿具须髯，自上下下征面首。帷薄不修直等闲，中冓之言实可丑。男欢女爱太无遮，石烂海枯难涤垢。浪夸瀛海诸雄邦，竟是风花大渊薮。律以吾儒古昔时，墨子回车曾子走。我生不幸侈豪游，蹈入秽区颜忸怩。问予重来意若何，掩耳疾趋曰否否。

西俗常餐，男女同席，谈笑饮啖，不别嫌疑，初甚弗安，久亦习惯，喜此艳遇，漫成一律

朝朝暮暮伴秦娥，老我樽前唤奈何。中土偶来名士少，西方果觉美人多。不嫌放浪忘形迹，似此风流合咏歌。恼煞语言浑莫解，审音也自叶云和。

德意志国柏林都城赠钱琴斋参赞德培

屈指分襟日，于今已六年。寻踪来海外，握手阻车前。眼界诚开矣，头衔更焕然。忘家因国事，怀抱迈时贤。

此会良难必，程途数万赊。君方志轩冕，我已痼烟霞。远报江乡竹，惊看异域花。相期一樽酒，归与话中华。

附和作

钱塘　钱德培（琴斋）

尊酒申江会，情文忆昔年。迢遥七万里，仿佛半生前。久系归来念，何期竟不然。师承欣有托，枉教盼高贤。

不意巾车阻，亲承愿更赊。寸心迟立雪，佳句散馀霞。著作身相等，披吟笔有花。即看寿梨枣，中外播才华。

荷兰国赛珍会所赠顾友笙少尉祖荣

记否春申共砚时，带钩桥畔酒千卮。羡君矫矫风生翼，愧我劳劳雪染髭。分手昔曾伤海角，追踪今也到天涯。异乡终逊家乡好，何日归舟慰系思。

寄怀杨佩甫少府伯润

能写山光兼水色，更饶酒胆与诗肠。人生不俗已难得，况复风骚事事强。

馀事良朋闲博弈，假途薄宦混风尘。思君三万六千里，知否重瀛有故人。

刘康侯参使叠韵见赠，三叠前韵以报之

能参使节耀名区，练达功深历冶炉。鼎峙邦交驯就范，芸生民气赖扶苏。

九重恩眷频年渥，三百诗篇此际需。佳句何期重叠贲，胜教握瑾又怀瑜。

附原作

龙城　刘麒祥（康侯）

穷荒风物著寰区，博厚尤征造化炉。不数豪商来范蠡，难逢词客似髯苏。仓山裔本知名士，幕府才原济世需。我是玉关投笔者，翻因瓦注得琨瑜。

海外吟下

海外怀人诗

闵小农太守（钊）

缔交记在卅年前，我服君才迈众贤。老境逾甘真似蔗，宜人唤作地行仙。

金兰生太守（鸿保）

白门听鼓应官日，回首前尘四十年。留得一双桑海目，能于古物鉴真诠。

汪云伯大令（兆麒）

一室雍熙有古风，大椿垂荫气葱茏。生平所好无他物，汉代琨珉秦代铜。

葛理斋盐参（元煦）

家传妙术有丹砂，更把牙签列五车。终日营营梨与枣，啸园声价士林夸。

刘少韩别驾（文澈）

同住青溪作寓公，交情两世乱离中。输君有子夸头角，行见长乘破浪风。

朱芸谷司马（焯）

费尽胭脂画牡丹，青衫有泪不知弹。当年错把飞棋着，多少生涯博一官。

谢湛卿刺史（国恩）

十载营营宦海中，秦邮一刺振霜鸿。定占甘雨随车降，来暮歌腾乐岁丰。

朱敏斋司马（树萱）

曾向皋兰行万里，又从黔蜀走千山。胸中事足资谈柄，欬唾风生四座间。

葛隐耕孝廉（其龙）

脱口吟成字字安，允堪一帜踞词坛。科名竟把诗名掩，做到骚人亦大难。

钱昕伯茂才（征）

雾里看花花不老，花间酌酒酒弥香。梦中佳句传抄遍，似此仙才鲜颉颃。

金免痴先生（继）

一部唐诗集不清，评红论白笔纵横。才挥十幅幽兰影，又向旗亭角酒兵。

何桂生茂才（墉）

眼底明于水一泓，胸中容得酒千觥。甜吟密咏人人服，独让高昌寒食生。

邹翰飞茂才（弢）

迟我卅年游海上，输君拔帜遽登坛。裁红晕碧天然处，好句教人击节看。

蔡子馥茂才（尔康）

词成绝妙有谁如，白石新声此绪馀。我有楼台傍杨柳，晓风残月合卿居。

李默庵先生（毓林）

美人声价珠兼玉，名士风流酒共诗。一事思量忘不得，木樨花下醉余时。

周润田军门（河清）

周郎藉藉有威名，近日吟诗不论兵。示我宝刀图一幅，未曾题句已心倾。

张叔和观察（鸿禄）

羡君何福得菟裘，底事还须富贵求。记取辋川图画在，一丘一壑足千秋。

严伯牙观察（锡康）

绝妙才华备药笼，无惭知己两文忠。一官滋味尝来澈，犹是书生本色风。

高篙渔观察（长绅）

四十年前屈茧丝，糈台振翼便监司。重来尚有遗民在，胜似丁公化鹤时。

王竹鸥方伯（承基）

自昔声华艳若霞，宦成诗酒作生涯。宗风更有兰亭笔，拓遍春申十万家。

李小瀛太守（曾裕）

频年宦迹抛湖上，早岁诗名噪海涯。垂老风情尚如此，妒他旖旎少年时。

陈宝渠太守（福勋）

乌纱局内铁群才，洵自千锤百炼来。听到洋洋盈耳颂，此翁矍铄笑颜开。

翁子文太守（秉钧）

萧规曹守论千秋，谨慎从来寡过尤。心有灵犀无不照，行看敷政总优优。

莫善征明府（祥芝）

壮志凌云气吐虹，元方有弟继家风。如何老吏遭时忌，花样而今渐不同。

傅焕庭参戎（文彩）

雅有当年儒将风，一官海上颂声隆。从来弱不胜衣者，原是千秋命世雄。

吕吉垣明府（鸣谦）

泼墨如君迈等伦，一枝笔夺四时春。更钦扫尽脂韦习，叔季难逢古道人。

范小蘅明府（寿棠）

朝捧冰心期寡过，夜批牒尾逞多词。侧身婢膝奴颜队，白眼加人自不宜。

沈饱山茂才（定年）

三长才学识能兼，下笔千言信手拈。众口莫嗤持论激，由来时事赖针砭。

杨诚之太守（兆鋆）

容易登场博一官，多才出自少年难。侧闻近日词人口，传遍新吟绿牡丹。

万剑盟先生（钊）

独弹古调抱虞琴，压倒当前靡靡音。吟苦不嫌髭捻断，教人一读一倾心。

蔡宠九盐参（锡龄）

才侈千言成顷刻，更从五字费推敲。羡他双管能兼擅，何事卑官苦系匏。

黄瘦竹世讲

家风两世擅吟哦，大阮歌终小阮歌。老我不堪逢劲敌，避君三舍意如何。

孙泳甫少府（世瀛）

桥亭卖卜岂常人，尽有高贤暂隐沦。怪煞一爻参不透，弹冠欲现宰官身。

朱梦庐先生（偁）

一枝彩笔好生涯，买醉年年酒不赊。拟剪吴笺三十幅，凭君写遍有情花。

陈臧伯司马（衍昌）

与君几世论交谊，百载遥遥数不清。抱得清才为俗吏，碧翁位置理难明。

郭莲生世讲（雯）

艳说莲生貌似莲，翩翩才调称华年。琴心一动天然合，家世奚须金穴传。

梁幼兰二尹（伟年）

君家兰玉尽多才，倜傥谁堪屈指推。漫说醴泉与芝草，根源毕竟有由来。

管秋初先生（斯骏）

从来秋士惯悲秋，一曲离鸾泪倒流。自是多情人举动，征诗几欲遍瀛洲。

张遂生先生（兆熊）

诗中画可参丘壑，画里诗能见性情。一管传家京兆笔，输君两事总成名。

闵正帆县尉（汝谔）

宛然一舸泛中流，载得西施自在游。风正羡他帆亦正，双双不识别离愁。

吴端甫二尹（文佑）

丰裁端合号端人，樽酒论心见本真。才大于官浑不称，应嗟生我不逢辰。

孙儒伯大令（熙泰）

阅历深时酒胆粗，朝朝暮暮唤提壶。琴堂暂把皋比设，冠称儒兮服称儒。

吴兰生县佐（廷瑞）

难得官卑志不卑，更难众誉性天慈。若从近世论交道，慷慨高踪孰可追。

姚少莲明经（棻）

黄牡丹为天上种，何堪谪向海隅栽。珠江羁旅人如海，独让先生擅隽才。

闵鲁孙世讲（沄）

干蛊群将绘事推，能参庭训逞新裁。饶予别有倾怀处，赌酒君家两世来。

刘葆吾司马（恒德）

访艳寻芳逞马蹄，平章风月遍留题。歌成一曲凰求凤，林下丰姿众目迷。

臧冶夫茂才（道鸣）

龙门声价果然崇，有酒盈樽气更雄。底事不平频骂座，冶夫偏有灌夫风。

徐逸生茂才（邦）

不道吴中有逸民，牛衣况味竟安贫。尽多屈蠖求伸者，傲骨难同媚骨伦。

金少芝世讲（尔珍）

德门有子孝堪风，妙擅银钩夺化工。至行偏将馀事掩，试听桑梓论尤公。

郑鹤汀别驾（镛）

翩然一鹤任盘旋，不在花前即酒前。自是风流误才藻，何当振翼薄云天。

姚敬堂明府（宝仪）

留得循声在具区，故吾犹是慨今吾。回头惨把哀鸿顾，幸抱冰心指玉壶。

章肖珊明经（宝书）

漫疑潦倒困青毡，卓有才华称木天。枉借麻姑长指爪，为人搔背竟无缘。

舒春圃先生

闲云舒卷任西东，对酒当歌气尚雄。回首金门无限客，独留此老话流风。

万仰五先生（基）

妙笔能摹没骨花，多君才艺自成家。齐纨一握临歧赠，喜挹清风到海涯。

黄正卿先生（锡正）

朝朝买醉出江城，叔度家风几辈倾。犹记濒行一樽酒，匆匆未尽别离情。

顾芷升先生（宝树）

谁砭俗耳屏新声，酒地花天一笛横。留得白头人健在，赖将曲调播清平。

洪辛之二尹（鉴）

怪他皮相富家翁，尊酒常盈四壁空。合向醉乡称大户，无惭姓氏量原洪。

周召臣世讲（文奭）

爱莲华胄人争羡，顾曲家声世艳称。大阮风流倾海上，喜君丝竹更呈能。

胡友三先生（榛）

把酒论心见性情，斯人毕竟协公评。闲来便约旗亭去，一醉从知万念平。

陈炳卿先生

冠玉家风浑弗愧，月中仙更助娇姿。生平爱弄桓伊笛，不到花间誓不吹。

张小琴二尹

豪兴当年压等俦，黄金消尽不知愁。可怜一出长生殿，又误斯人到白头。

皮惠之二尹（养和）

廿载甘抛官不仕，半生独与酒为媒。嗤他呕出心头血，犹自逢场便举杯。

韩自耘甥（镇咸）

一官抛去浑如蚁，可觉回风转处奇。此日优游寻乐意，愿从货殖报明时。

家薇生侄（师鏊）

吾家诗派阿咸强，潦倒卑官气不扬。回首钓游当日地，同留恨事付沧桑。

伦敦博物院中有巨钟二，皆中土故物，一为康熙四十四年广州某庙所铸，一为道光十九年宁波某寺所铸，横陈众器间，资以供人品鹭也，摩挲既久，感慨系之

瞥眼顿心惊，明明故物呈。摩挲宜有泪，寂寞竟无声。在昔醒尘梦，而今听品评。偶然一扪拭，隐作不平鸣。

陈敬如都督季同远自柏林见寄二律，依韵奉和

不侈狂歌力拔山，高怀雅度唱阳关。班荆未把冰心吐，走笔先将锦句颁。报国由来韬略重，怜余老去鬓毛斑。家风冠玉倾闽海，又向瀛洲辙迹环。

每呼负负腹空皤，消尽雄心付醉哦。自涉沧溟远游历，始知天地大包罗。既邀垂盼施虚誉，合向知音发浩歌。此日边尘动南服，端资上将将多多。

附原作

侯官　陈季同（敬如）

才名久重继仓山，何意相逢出玉关。无分果然交臂失，有缘博得好诗颁（谓钱琴斋司马）。雕虫自合避三

舍，窥豹终嫌止一斑。非个中人聊自炫，琼瑶可许诵回环。

晚岁乘槎鬓已皤，九洲大地遍吟哦。寻幽访胜奚囊满，问俗观风夹袋罗。祖武克绳昭著作，书生流涕发悲歌。洛阳纸贵知他日，归去应夸记载多。

中秋节夜刘康侯参使招饮巴黎使馆，即席漫成

难得天边月，今宵两地圆（泰西历与中土不合，惟今岁中秋适值西历九月之望，故蟾魄同盈焉）。多君折芳柬，招我醉华筵。爽气延楼阁，清谈胜管弦。几人乡思动，都被素娥牵。

西班牙喜晤朱茗原参使和钧，留连一宿，倚装赋谢

此会欣将夙愿酬，宏才久慕耀遐陬。邦交重赖行人选，国体尊知使事修。结驷连骑游亦俊，授餐适馆意偏周。莫嫌一宿匆匆去，定有奇逢在后头。

西班牙纪游六绝句

我来觇国豁双瞳，入境饶存古朴风。镇日推篷凭领略，轻车驰骤万山中。

楼阁全凭石叠成，千门万户斗晶莹。更番茶会宾朋盛，每自宵分达向明。

君主纡尊降剧场，一行锦毡展来忙。鞠躬脱帽咸倾立，堂陛矜严两淡忘。

大开园囿纵遨游，争把香车驾紫骝。夕照渐低人影乱，泥他裙屐逞风流。

皇华馆许借鹪枝，宾至如归百事宜。我是天涯浪游客，累君膏秣实难期（谓朱茗原太守）。

最难东道尽称贤（谓蔡和甫别驾，郑恂甫二尹），导我游归更敞筵。消受深情便离别，何当重聚续前缘。

附和作

上元　朱和钧（茗原）

鹰准虬髯杂碧瞳，欧西异状更殊风。君来为续瀛寰志，闻见胥收夹袋中。

手握生花笔一枝，干时难免忤时宜。只缘五斗腰羞折，彭泽高风早自期。

太史名高翰墨场，一官抛却种花忙。至今私淑皆桃李，共溯遗徽未敢忘。

难弟难兄共宦游，蜀中开道有骅骝（令兄少兰太守久宦蜀中）。更钦锄莠申江令，血染寒潮夜不流（令兄又村大令殉难上海）。

名园忆昔本天成，十亩方塘镜澈莹。一劫沧桑无限恨，楼台依旧记分明（谓君家随园）。

小住偏难挽大贤，聊将酥酪佐宾筵。深情宠荷瑶章报，愿结重逢再聚缘。

八月二十四日由葡萄牙登舟，渡大西洋，逾赤道而南，历十七昼夜不见寸土，诗以纪之

男儿志四方，何惮万里遥。我今游海外，程途乃迢迢。更涉大西洋，此身真蓬飘。眼前波涛壮，足底鱼龙骄。渺矣禹门浪，陋哉钱塘潮。乌足以语此，有笔难绘描。推篷极双目，但觉辽天辽。忽焉逾赤道，风来骇不调。自北煽暑溽，由南吹寒飙。只见南斗柄，不睹北斗杓。俯躬盟白水，翘首问青霄。此外无一物，自顾殊超超。冀或来飞仙，举手将我招。斯时振云翼，尘念当全消。

重阳节大西洋舟中作

今届茱萸插未能，舵楼高处且同登。重阳节候端阳似，手箑摇风吻饮冰。

巴西游山，就饮山下人家作

平生耳熟大西洋，今番乃见西洋大。我自葡国指巴西，海程渺渺愁无奈。入境惊看风景佳，山形矗立相映带。解装便即纵登临，轻车盘旋入青霭。野花媚人色何妍，万木森森发清籁。峰回路曲少人踪，瀑布如银作飞濑。停车小憩心悠然，斯境何期逢海外。溯历诸国逞遨游，揽胜探奇此为最。傍崖幽绝有人家，讵因避世远尘壒。留宾难得主人贤，罗列香醪相劝酹。山蔬园果喜纷

陈，稚子娇妻讶欢会。譬彼桃源景更奇，一幅画图难写绘。海上神山说渺茫，今我寻踪殊狡狯。自笑非佛亦非仙，如此狂游无乃太。

巴西杂咏

我爱巴西国，天然趣不同。峰峦环历历，花木现重重。仿佛神仙境，饶馀朴野风。是间真乐土，谁与辟鸿蒙。

纵横布衢路，铁轨任雕轮。驾只凭双骏，宽容载卅人。恣游心目爽，杂坐笑言亲。博得蛾眉粲，飞驰不动尘。

楼台真入画，园圃喜攸宜。稚子迎门笑，娇妻隔树窥。山花红欲滴，庭草绿含滋。便欲移家住，桃源讶在兹。

四时皆煦煦，不解雪霜寒。雨过瀑声激，湖平镜影宽。客愁消去易，远道到来难。举目谁相识，长空月一丸。

题三十龄闺秀手书经卷

璇闺有美，幽兰自芳。扫眉才子，乃在西方（一解）。金经几页，银钩数行。零星宝墨，馥郁异香（二解）。湖山毓秀，飞凤呈祥。何等才华，堪此婿乡（三解）。天然妙笔，美胜琳瑯。遍征题句，亦门楣光（四解）。

此身

此身飘泊未须怜，悟到空空百虑蠲。作客远逾十万里，著书敢冀一千年。每当对月常怀偶，便不凌云也是仙。为问古人能有几，狂游直抵海西天。

梦中得句

伊人睽天末，游子环坤舆。思卿数万里，慰我尺一书。

醒后续成

尺书何渺渺，万里何迢迢。卿心如斗转，我身如蓬飘。

归舟大西洋中遇风

放眼波澜万派，惊心天地孤舟。舟师语客勿怖，大风将至船头。

云气压船似墨，风声撼楫如雷。任尔热中成性，于今万念应灰。

浪说人原有胆，惨惊天忽无容。此际全凭忠信，波涛何惮重重。

差喜烈飚渐止，那堪骇浪仍狂。收拾惊魂就寝，依然难觅甜乡。

舟行大西洋中，有美国闺秀日以琴歌相伴，及抵伦敦，行将分袂，匆匆索句，走笔应之

西方有美胜嫦娥，雅爱弹琴又善歌。难得相逢遽离别，几番惆怅奈卿何。

寄呈郑玉轩星使藻如

华国奚须我武扬，巍然品望重圭璋。才传津海声名盛，又听瀛洲姓氏香。此日文章兼政事，他年竹帛与旗常。汪洋局度谦冲量，恼煞趋风愿未偿。

通宾置驿仰宗风，屈指时贤孰与同。早识班超能定远，群推魏绛善和戎。力将异域流离庇，直把天家德泽通。瓜代有期瞻奏绩，合邀殊眷奖奇功。

留别伦敦四绝句

果然繁盛冠重瀛，三度停车感慨生。讵独长安居不易，轮蹄声也令人惊。

受廛四百万犹强，为问何邦可颉颃。嘘气成云挥汗雨，大风端合唤泱泱。

天心亦自厌纷华，眼底常将毒雾遮（入冬雾气迷人，虽昼如夜）。怪煞此间人不悟，危邦误作好津涯。

巧夺天工服智能，君民趋利垄同登。临歧无限低徊意，盛极终防衰气乘。

留别巴黎一律

信是人间第一城，奢华靡丽甲寰瀛。层楼杰阁金银气，騃女痴男笑语声。黩武频教兵越境（时方有事于越南及马达加士等国），兆丰喜值雪飞霙（时方大雪）。旁观独我忧深杞，天道由来恶满盈。

月当头夕地中海舟中作

一舟鼓荡日千里，万派波涛天四垂。月自当头人自寐，怕看孤影惹相思。

同舟有英国商女者，于苏彝士河道中持方寸小册索留姓氏，册中各邦贤士大夫题名甚夥，为书二十八字以赠之

问年屈指正盈盈，花比娇娆玉比清。示我研光笺一册，喜他贤士尽题名。

长至节偶成

吹律客心惊，灰飞气候更。关心逢令节，屈指计归程。那有梅花信，聊将竹叶倾。炎炎如溽暑，何止一阳生。

红海舟中遣兴

归思重重首暗搔，舵楼闲眺月轮高。涛声到枕能寒胆，山势如屏尽不毛。进食欹斜人似燕，随波上下艇如

猱。只因犹有尘寰事，未合辞家此钓鳌。

洋餐八咏

传餐

会食之所别设餐房，大者可容数百人。未餐之先鸣铃两次，第一次更衣盥手，二次相将入座，轮舟客邸大率皆然。惟间有以钲代铃者，其义一也。

届时应会食，召客最分明。铃语传来切，钲声响处清。遒人持铎徇，饭候协钟鸣。一再听无误，长筵已敞琼。

序坐

坐次尚右，先女后男。其次序例由主人派定，鱼贯入座。以后每食皆各认明坐次，不得紊乱。

尚右风原古，如何让女先。整衣咸盥手，脱帽始登筵。鳞次宾毋越，鸳班主代联。两行银烛灿，少艾杂华颠。

先羹

未尝肴馔，先进羹汤。汤以鼋为珍贵，如中土之尚燕窝者然。寻常则用牛洎、鸡洎，间用菜羹。惟中必搀和面物，其式不一。盛之以盘，饮之以勺，相戒入口不得有声。

先试和羹手，相传雉逊鼋。引吭同鹤饮，润吻戒鲸吞。中古原居左，西方乃独尊。方歌将进酒，偏怪判寒温（汤以热尝，酒以凉饮）。

次肴

既饮汤后，乃次第以肴馔进。常餐不过四五品，盛设则加至八品十品不等。进时先之以鱼，若牛、羊、兔、豕、鸡、鸭、鹑、鸽等次之，亦间杂以蛤蚌、菜豆一二种。每进一肴，各以面包佐之。

既进一樽酒，佳肴次第陈。献时先淑女，依序及群宾。玉豉名原贵，银鳞品最珍。烟苗兼雨甲，亦自重尝新。

佐甘

肴馔既毕，乃进干糇，如中土糕饼等类。间杂以蜜饧之属，盖取和甘之意。别有一种以冰制成者，尤为适口。

腥膻方饱饫，饼饵合先尝。酥赖醒脾胃，甘能妥肺肠。银泥和玉屑，腻粉杂甜香。更喜调冰法，琼浆沁齿凉。

尝果

食品之次，终之以果，果列干鲜二种。鲜者皆时新之品，义取此时腥膻充塞肠胃，当以芳馨加诸其上，则喉吻间自无荤秽之气，其理殊精。

醉饱斯尝果，充肠秽积山。淡将浓尽掩，清可浊全删。塞窦情形似，流香齿颊间。养生参妙谛，长此驻华颜。

殿茶

茶为解渴之品，兼能消食。泰西前此无茗，俗以咖啡代之。间有饮中土之茶者，十不过一二。英国较多，然食时有节，不似中土之自朝至暮刻刻入口也。惟大餐后例必殿之以茶，人各一瓯而止，且须加以糖霜，否则不能下咽也。

刀匕一时撤，传杯各饮茶。但期霞样艳，不尚雨前芽。乳酪还相杂，糖霜任意加。凭他涤肠胃，消食效堪夸。

散烟

烟枝产自吕宋各国，畅行已久。惟大餐之处及妇女在座例不得任意呼吸，故宅第中必另设烟房。客邸及轮舟之上一例。亦既罢食，乃相将出座，就地吸烟，无或敢犯。间有不嗜此物者，抑且称为美德云。

设食尊严地，相传例禁烟。矧从诸女后，应待散筵前。吐雾原堪怪，餐霞合号仙。侧闻评月旦，不嗜也称贤。

归舟将抵香港喜作

海程渐入中原界，万派洪波喜不扬。收拾纪游新稿本，乱堆行箧压归装。

香港访王紫诠先生韬，赋呈二律

海上当年一识荆，又从海外耳鸿名。壮怀直媲重瀛阔，豪气能教四座倾。赢得鸡林重声价，笑他蠡测慨平生。茫茫宇内才何限，此事谁堪抗手争。

珠江羁旅自年年，心在千秋手一编。满腹经纶空腹吐，等身著作及身传。趋承有志皆畸士，荣辱无心即散仙。难得相逢重握手，愿从哲匠叩真诠。

嘉平二十二日，归舟春申江上，解装杨柳楼台

天涯有客倦游归，十万程途瞬息机。到眼江山如梦醒，回头溟渤尚魂飞。敢夸阅历恣挥麈，愿屏尘劳暂掩扉。柳往雪来无限恨，狂呼沽酒典征衣。

腊鼓敲残适解装，重新酒垒与词场。依然杨柳临官道，犹自楼台映夕阳。魂磊合当消净尽，琴樽从此乐徜徉。笑他五岳游仍碍，不遍瀛寰未足狂。

抵家作

蜡梅花下解征衣，好似天边鸟倦飞。忙取青铜来照影，认明故我是耶非。

儿女迎门喜不支，争求瀛海物珍奇。可怜归橐萧条甚，只有新编一卷诗。

不劳为我涤尘襟，手把香醪带笑斟。一事思量聊慰藉，有谁海外逞狂吟。

别将经岁恨难堪，取次知交一一探。眼底收罗何限景，听予鼓掌为倾谈。

卷六 海上吟

序一

上海一隅，滨吴淞东北，本华亭地。广海缭白，孤城陡青，沙人聚烟，番舶列队。来鲛奴于日下，宝载波斯；挂渔网于晴边，风腥晚市。带楼台而入画，合中外以开垣。垒废当年，沟没袁崧之迹；潮流终古，浦传黄歇之名，固亦海内之胜区，寰中之险邑也。乃自鳌头凿空，象译通诚，走使节于云中，联轺车于天末。回鹘飞轮之舰，接舫齐来；定方衔尾之舻，浮江直达。楼兰、鄯善尽附梯航，沙鹿、龟兹各输珍宝。剃荆榛于荒土，廛宅连云；萃人物于中原，衣冠变俗。遂至别开风会，备极繁华。谁登纪事之编，只益伤时之感。翔甫大令，仓山诗裔，福地宰官。餐林花而口齿含芳，割尺锦而云霞夺艳。江山无恙，耽吟璧月之篇；坛坫重新，高据金华之席。使其歌成充隐，服遂初心。经营松菊之园，消受桑麻之趣。空山踏叶，借双屐以冲云；远浦寻春，携一筇而犯雨。岂不乾坤放荡，寤寐欢愉？竹中逃张鷹之名，虾蟆敢笑；颍上遂欧阳之志，猿鹤何讥。而乃巧妇炊难，谖台计拙。走饥躯于客里，曲唱劳商；溷薄宦于尘中，琴悲焦尾。停云此日，小羁沪渎之踪；飞絮今生，浪泛春江之棹。见闻所触，感郁斯宣，思救世而心婆，故采风而笔健。于是苍茫怀古，凌替伤今，频牵庾信之哀，亦引中郎之梦。灯阑酒醒，描来风月之春；曲滥丝豪，写出莺花之谱。凡诗百首，汇为一编。今秋余佣书海上，新驱款段，来作寓公，挟琴剑以依刘，问山川而入晋。雪泥星饭，同住天涯；楚尾吴头，相逢地角。软红映翠，迷离白石之歌；破帽残衫，憔悴江州之色。徒慨韶年浪掷，壮志难雄，西风吹而莲幕寒，别绪抽而吟心苦。频商韵事，辱示瑶华。余披而读之，淋漓痛快，巧中物情，忠厚缠绵，无伤雅道。不禁叹风俗之变迁，人情之奢侈焉。夫江湖坦荡，尽可作缘；人物雍熙，无非行乐。产胭脂于北里，女有杨枝；萃金粉于南朝，渡喧桃叶。宋嫂之鱼羹未改，苏娘之油壁争传。天子风流，王孙豪侠，此固承平之快举，亦为游宴之佳谈。然而杜牧登楼，只消感愤；香山忆妓，但慨沉沦。推之欧阳彬见识于金钗，谢太傅亦陈夫丝竹。惟有才人落拓，名士豪华，题扇底以愁长，醉垆头而恨短。妙伎挡筝之乐，羽衣吹笛之欢，要皆政事馀闲，风流相赏。原非著述，何患狭邪。

况乎南部留香，东风试影，才著楷杷花下，娇藏杨柳阴中。而浅笑深颦，半是曼殊之选；偎红倚翠，无伤坡老之狂。兹则俗队庸庸，群雌粥粥。碑怜没字，夸富贵以骄人；狱设销魂，竞妖娙而结客。虽青裙翠袖，不无称意之花；歌板酒旗，或有寓怀之雅。而春宵问价，终非吾辈之游；傻侣张筵，大异前贤之乐。君乃闲驱翰墨，细志輶轩，运圆转之智珠，写浮华之本色。肥分江鲍，锦雨迷离；曲谱齐梁，彩毫狼藉。嗟乎，金迷纸醉，易消红烛之烟；斋冷人孤，惯揾青衫之泪。值此欢场潦倒，宦海飘零，空教热闹于吟筒，未许安排夫茶灶。此日秋江卜宅，倡酬留朋辈因缘；何时故国买山，啸傲作神仙眷属。

光绪七年秋九月锡山瘦鹤词人邹弢翰飞甫拜序

序二

余束发受书，即读《小仓山房全集》，服膺弗失，每以予生也晚，莫由亲炙为憾。既知太史文孙翔甫先生筮仕江苏，诗名藉甚，私心向往者，又非一日。岁己卯始与先生遇于申江客邸，并得其事一堂，朝夕聚首，谈诗论文，获教良多。既出其所著诗文各集见示，读之目迷五色，莫赞一词。又以《海上吟》一编，命为序首。盖先生宦游海上二十馀年，风土人情阅历最稔。每于酒酣耳热之馀，摘其时事发为诗歌，言皆征实，语必求新，不肯依傍门户，拾人牙慧。古人所称嬉笑怒骂皆成文章者，其斯集之谓乎！家学渊源，其来有自，无怪乎脍炙人口，传诵一时也。付之剞劂，定当纸贵洛阳。即列之《仓山全集》中，当亦可以无愧。余与先生生同乡，客同地，近又益以同砚知之，不可谓不稔。虽不敏，何敢以不文辞。顾余窃有进者，先生以庾鲍之才，为召杜之官，行见上游器重，仕路蜚声，政绩循良，争传海内，区区《海上吟》又奚足以尽其长哉？况乎著述等身，兹集特其馀绪耳。世之识先生者，若徒以诗人目先生，亦浅之乎测先生矣。因不揣固陋，为序其厓略如此。

光绪五年孟冬月上浣乡后学张崇鉴镜汀甫拜序

海上吟题词

古闽　唐紫封（荫庭）

一枝好笔绝纤尘，谱出清词点缀新。我亦海滨开倦眼，花天酒地十分春。

人世须防失足多，且将冷眼发高歌。微词苦唤回头路，想见君心一片婆。

行人犹自认随园，藉藉才名一代尊。今日因缘窥翰墨，却欣绳武有文孙。

沉沦苦海恨无家，自有闲情护落花。尽许黄金赎佳丽，浔阳何必泣琵琶。

洛旧纸贵遍郊圻，一曲阳春和者稀。此日鸡林来问价，尽教贾舶压装归。

上海　李曾迪（康民）

能继随园笔一枝，莺花题遍沪城时。廿年景物全如画，不让当初柳七词。

蜃楼别自有乾坤，貌得风流一卷存。无限繁华春似海，开编问客可销魂。

研朱滴露兴偏狂，快播鸡林纸万张。幻影楼台饶变态，一添新样一回忙。

奇采搜罗入妙裁，笔随意到是真才。便教写上仓山集，未必能分赝本来。

吴县　徐邦（逸生）

吏隐春申二十年，飘零心事落花怜。羡君一管生花笔，写出蜃楼海市天。

一卷新词百体骸，共钦越水有奇才。要闻海上繁华景，须读先生丽句来。

百炼钢成绕指柔，笔端宛转见风流。就中多少怀人句，动我新愁并旧愁。

读来老妪总能知，雅俗皆宜亦可师。遮莫洛阳夸纸贵，家家争欲识袁丝。

上海　葛其龙（隐耕）

记向申江唱竹枝，才名到处说袁丝。十年几变繁华局，海上重翻绝妙词。

风月无边笔底收，烟花今更胜扬州。红栏碧槛知多少，却让垂杨一画楼（君筑杨柳楼台以供吟眺）。

万人如海一官闲，世界纷争笑触蛮。别有深心工寄托，秦中吟爱白香山。

梦畹

裁红刻翠费清思，字字珠玑咳唾时。从此绣帘团扇畔，罗巾遍织杏花词。

才过紫陌又红楼，花月春江足雅游。何事月明楼十四，烟花只是说扬州。

火树银花彻夜开，万家帘幕万楼台。输君别有生花笔，写出升平景象来。

我亦萍踪寄海滨，看花侧帽逐香尘。愿收十万春蚕茧，织就生绡绘美人。

嘉兴　杨伯润（佩甫）

宦况萧条老此才，花辰月夕且衔杯。一编海上闲吟草，如读余怀杂记来。

苕上　沈云（酒舱）

巫山清远博山幽，锦带吴钩记逸游。但把天机圆日月，不知人世重春秋。莺花海上逢王粲（王粲有海上赋），文字平生谒柳州。此日一编传绮句，江南红粉为诗留。

海上吟

初至申江作

盈盈一水占风流，何限繁华眼底收。世界真堪称极乐，人生到此果无愁。最怜碧玉身难主，挥尽黄金手未休。独我不胜凭眺感，愿将薄俗写从头。

有所见

海上新开姊妹花，丹心寸意托琵琶。怜渠更有撩人处，瘦煞裙边玉笋芽。

申江放舟即事有怀（诗嵌桂芳可人一字，雅琴八字）

桂楫兰桡载恨游，芳情更比绿波柔。可知别绪谁牵惹，人在三层翡翠楼。

一声新调占风流，字字珠玑转玉喉。雅爱酒阑灯灺后，琴声争语更绸缪。

咏洋场酒肆

楼唤新新二十年，六朝风味竞相传。复新一帜新分出，地火煌煌照绮筵。

船菜都夸浦五房，蔬红果绿映新妆。泰和味诩南兼北，粤海津沽总擅长。

增华斗丽号同新，引得南人竞问津。又道庆兴宾客盛，洋楼高厂绝纤尘。

四明饭馆说三长（长兴、长源、长春也），更有高楼号景阳。益庆最先鸿运继，海鲜毕竟此中尝。

上海感事诗

庚午、辛未间溷迹沪北，有感于时事之可嗤可噱者，戏成四律，聊警痴迷，未知有当于暮鼓晨钟之用否？或疑吾故为轻薄之词，以讪刺时辈，则吾岂敢。

客到申江兴便狂，纵饶悭吝也辉煌。四元在手邀花酒，八角无踪入戏场。但看衣裘原绮丽，若论事业竟荒唐。只愁三节辰光近，欲避无台债孰偿。

时装广袜与京鞋，结束居然子弟佳。丹桂园方呼狎妓，同新楼又拥娇娃。腾空高坐蓝呢轿，点戏荣书白粉牌。才拟招魂惊落魄，惨经宝善一条街。

何物能医此际贫，发财票可获千缗。勾人圈套般般巧，迷我神魂色色新。乐死是间应不悔，狂挥片刻也超伦。就中难得差强者，挨过残冬又及春。

壁上观兵我独愁，廿年桑海在双眸。身非铁汉千番炼，眼见铜山一夕休。金粉有谁谈建业，烟花翻欲陋扬州（一作夜尚鸾交晨兔脱，今嗤鹑结昨狐裘）。化工也乏澄清力，到此江波变浊流。

沪北竹枝词

廿年海上，几阅兴衰，踵事增华，于斯为盛。兴之所至，漫然作此，聊志见闻，不计工拙。

沪上风光尽足夸，门开新北更繁华。出城便判华夷界，一抹平沙大道斜（上洋亦名沪渎，新北门自辛酉年借西兵防寇始开，吊桥外即为法兰西国租地界址）。

丽水台高雉堞齐，评茶有客日攀跻。绕楼四面花如海，倚遍栏干任品题（丽水台，茶肆名，环台皆青楼也）。

肠肥脑满说津津，浦五房经买醉频。毕竟金陵风味好，新新楼上馔尤新（浦五房乃姑苏灯舫，庖人所开酒楼也，新新楼为南京名厨）。

丹桂园兼一美园，笙歌从不间朝昏。灯红酒绿花枝艳，任是无情也断魂（戏园不下数十所，丹桂、一美其最著者。一美即满庭芳，招妓同观，俗称叫局，夜剧来者较多）。

呼卢比户任经过，百万金钱一掷梭。除却局中人不解，红灯高挂五分和（赌局门首必挂高灯，大书五分和字样，今悉禁闭）。

富贵荣华瑞兆嘉，十分春色不嫌奢。何须艳说丁家巷，花径三三自足夸（兆富、兆贵、兆荣、兆华皆里名。此外日新、久安、同庆、尚仁、百花、桂馨各里，悉系上等勾栏，俗称为板三局。丁家巷乃苏台昔日妓馆最盛处）。

廿四间楼景色酣，寻春先向此中探。也知声价今非昔，尚可逢人说二三（廿四间楼妓馆设最早，旋居次等勾栏，俗称二三局）。

簇簇三层歌舞楼，娇娃强半是苏州。檀郎偏爱南京调，一曲终时一饼投（东西棋盘街三层楼，皆居又次勾栏，俗称么二局）。

梳头掠鬓样争奇，叠被铺床百事宜。别有风情惹怜惜，绉纱马甲俏娘姨（娘姨女使之称，马甲半臂也。“娘姨弗搭脚，那里有绉纱马甲着”，盖吴人俗谚云）。

轻绡帕首玉生香，共识侬家是五羊。联袂拖鞋何处去，肤圆两足白于霜（粤东妓女皆不缠足，间有佳者，洁白无比，亦于此间设馆）。

一曲琵琶四座倾，佳人也自号先生。就中谁是超群者，吴素卿同黄爱卿（说书女流声价颇高）。

花样翻新任讨探，不愁妆束入时难。随身别有银奁具，方寸菱花席上安（青楼中衣饰岁易新式，更有极小银镜，观剧侑酒皆随置座隅）。

传神端不藉丹青，有术能教镜照形。赢得玉人怜玉貌，争摹小影挂云屏（照像乃西人术，能以药水照人全影及玻璃或纸上，神采逼肖。勾栏中人必各照一像，悬之壁间）。

司徒庙里祈神切，鬼子坟前捉客忙。共道儿家签句好，归来几度倩人详（司徒庙在大马路东，每逢朔望祈签者云集，鬼子坟相去不远）。

抛球看惯不须称，拍买商量到泰兴。听说明朝大跑马，倾城士女兴飞腾（抛球乃西人戏剧，设场马路之东。拍卖，交易之称。泰兴，洋行名。大跑马一年二次，观者如堵）。

三分起息认招牌，质库如云处处皆。休笑阮囊羞涩甚，玉钗典尽到荆钗（押铺当街排比，床头金尽之徒取资甚便）。

当街巡捕气何骄，赤棒宣威路一条。最是侵晨春睡美，恼人万马响萧萧（巡捕乃外国巡街者之称，手棒所以打人。洋场无东厕，只侵晨片刻准担粪人到门，喧嚷沸腾，俗呼消马桶）。

千门万户好楼台，曲巷长街绝点埃。底事路人频问讯，问从何处便旋来（洋场无小便所，行人甚窘，近乃设三五处）。

火轮坊转木桥西，马路迢迢草色齐。流水是车龙是马，一鞭争逐夕阳低（火轮磨坊西制也，在陈家木桥之南。其西去即马路，每日四点钟后车马交驰）。

大自鸣钟矗碧霄，报时报刻自朝朝。行人要对襟头表，驻足墙阴子细瞧（大自鸣钟高出层楼，行人观睹甚便。时辰表挂于襟头，俗式也）。

竿灯千盏路西东，火自能来夺化工。不必焚膏夸继晷，夜行常在月明中（树竿置灯所以照道，皆自来火。由地道出，光焰绝明，彻夜不灭）。

星昴虚房礼拜期，西人有例任游嬉。今朝掮客兼通事，定向花间醉一卮（西俗七日一礼拜，即四宿值日之期。是日安息，任人游嬉，戏馆酒楼、花街柳巷，烂其盈门。掮客，经手买卖之人。通事，洋行中译语言者）。

不谙诵读不躬耕，镇日寻欢结队行。夕照渐低新月上，担心此际要关城（功令日暮关城，非兵备道衙门照会不开）。

一任腰缠百万缗，未堪买尽上洋春。归真返朴知何日，愁煞旁观冷眼人（一隅之地，奢华糜费，甲于天下，有心世道者徒切隐忧焉)。

销金窟歌(仿蜀道难体有引)

奢华糜费至上海极矣,人称之曰极乐世界,吾名之曰销金窟焉。二十年来纵观盛事,遍历欢场,叹桑海之几重,乃骄淫之弥甚,暇将时事而静验之。窟之大者有三,曰妓馆、曰戏馆、曰酒馆,一日夕所销不下万数千元焉。窟之小者亦有三,曰清烟馆、曰花烟馆、曰女堂烟馆,一日夕所销不下千数百元。其他物之以日计也称是,大抵每年所销不下数百万金。来游是邦者,少不自检,往往失足于窟中。盖金有限而窟无穷,窟难盈而金易竭。虽有铜山金穴,能经几日销磨;况属玉女金夫,屡见一朝销尽。欲于黑漆苦海边唤醒痴梦,爰仿青莲《蜀道难》形为咏歌,笑我詈我,所不计耳。

噫吁嚱,迅乎疾哉!销金之易,易于掷深渊!花天及酒地,为窟何茫然!尔来三百六十日,不图随在皆云烟。北当夷场为巨窟,游人喜色生眉巅。金迷纸醉美人笑,何堪烟花酒色相勾连。上有戏园酒肆之高标,下有茶寮烟室之常川。入定之僧尚不得过,神仙欲度愁牵缘。财物何盘盘,黄金白镪堆岩峦。追欢买笑无休息,以手加额忘嗟叹。问君来游何时还,勾栏相好不可攀。但见乞儿谁氏子,忍饥号寒卧途间。又闻神鬼啼某家,崩铜山。销金之易,易于掷深渊,使人因此凋朱颜!可怜谋利不盈尺,顿令家徒成壁立。朝欢暮乐争喧豗,倾家丧产一声雷。其害也若此，嗟尔少年之人胡为乎来哉！欲海博大而兼赅，万人营窟，一人莫开。所交或不良，实为狼与豺。胭脂者虎，蛊毒者蛇；磨牙吮血，杀人如麻。夷场虽云乐，不如早还家。销金之易，易于尽深渊，侧身北望长咨嗟！

销金窟分咏

第一大窟妓馆

秦楼楚馆启纵横，人影衣香动客情。粉黛如云成列肆，笙歌匝地闹深更。千金市骨浑无赖，一日缠头数不清。知否寒闺荆布女，无言有泪守孤檠。

第二大窟戏馆

喧阗歌舞闹终年，尽是金吾不禁天。国忌何曾停顷刻，家伶无此便传宣。红桃笺订佳人约，白粉牌将点戏悬。赢得出门腾一笑，今朝豪兴果陶然。

第三大窟酒馆

列肆争夸品物鲜，屠门过者定垂涎。一筵何止中人产，万数休嗤日食钱。座上无花嫌寂寞，阶前有犬厌腥膻。可知风雪茅檐里，几户无炊似禁烟。

第一小窟清烟馆

到处烟霞足写怀，无分曲巷与长街。横陈自觉安眠乐，消遣由来小住佳。短榻最宜谈肺腑，精庐雅可会朋侪。嗤他有用才多少，尽把精神此地埋。

第二小窟花烟馆

匝地烟花认不清，最撩人是夜初更。杖头有处能行乐，囊底无多总被倾。暮雨朝云经几度，痴男骇女顿相并。可怜竟日辛勤得，顷刻都抛烈火坑。

第三小窟女堂烟馆

别增烟瘴女堂官，入座能教四座欢。乐境喷云还吐雾，笑声倒凤又颠鸾。不堪履舄真交错，若遇衣冠奈纠弹。化日光天成底事，挽回风气莫辞难。

丹桂九枝吟

丹桂九名优，风流世罕俦。为吟诗一首，常把姓名留。

领袖争推杜蝶云，早从日下播声闻。看他演到闺房乐，文采风流信出群。

我见犹怜李棣香，就中信足冠群芳。惜他惟酒真无量，一曲清歌最擅长。

黄月山能继月楼，身怀绝艺性风流。莫嫌丰貌年来减，结束登场迥不侔。

客串今惟孙鞠仙，京都风气不谈钱。而今一样论身价，孤负虚名万口传。

春恒亦复号孙郎，身价高能压辈行。三字经原推独步，绝无人敢妄称量。

人因桂喜愿瞻韩，一揭珠帘万目看。如此身材真趫捷，分明彩凤九霄抟。

群推花面大奎官，声若洪钟滚舌端。不信但看台下客，人人洗耳倚栏干。

丰貌妖娆刘凤林，铁肠亦动惜花心。津沽沪渎三千里，惟尔情同海样深。

高弹别调陈双喜，金水桥边著姓名。好似穿花狂蛱蝶，鸦娘雏婢乱相并。

吟罢九优诗，先生有所思。卅年栖海上，敢道是钟期。

仿丽人行

沪上有名妓孙金宝者，将于上巳适大腹贾作金屋之藏。佳节佳期，佳人佳事，未堪默默，爰仿是体，咏歌其事，俾天下有情人得闻是耗，同生欢喜心也。

三月三日天气新，黄浦江边多丽人。瘦如飞燕肥太真，丰姿绰约粉黛匀。翠羽明珰照暮春，黄金么凤玉麒麟。头上何所有，珠光灿烂垂鬓唇。背后何所见，缟素衣裳稳称身。就中可人尤堪亲，丝萝新结晋与秦。家世白盐煮玉釜，富比大壑游巨鳞。金钱浪掷如雨下，评红较绿殊纷纶。车马飞驰不动尘，道旁惊若睹异珍。群疑人间降洛神，交相赞叹称津津。从来折花休逡巡，速教堕溷转飘茵。风波不复起白蘋，深情长绾红罗巾。如此佳人才绝伦，慎莫唐突防怒嗔。

续沪北竹枝词

前作成于甲子、乙丑间，迄今将及十载，时移物换，小有沧桑。同人怂恿续成，复依前数作此。抚今追昔，感世事之日非；炫异矜奇，叹物情之滋幻。风尚若此，伊于胡底耶！

申江自是繁华地，岁岁更张岁岁新。解取及时行乐意，千金一刻莫因循。

自有京班百不如，昆徽杂剧概删除。门前招帖人争看，十本新排五彩舆（京班来而各班衰，《五彩舆》演明鄢懋卿故事，为京都内城新戏）。

金桂何如丹桂优，佳人个个懒勾留。一般京调非偏爱，只为贪看杨月楼（戏以丹桂为较优，而勾栏中人独趋金桂，致招物议。杨月楼，故显宦之家伶，玉立亭亭，艺兼文武，现称串客焉）。

同新楼共庆兴夸，烧鸭烧猪味最嘉。堂下闻呼都不解，是谁喧嚷要爸爸（南人不能操北音，每呼饽饽做爸爸声，走堂骇然，未敢应也）。

南人北菜讵相宜，无奈趋时要炫奇。入座争尝汤泡肚，笑他掩鼻嚼芫荽（汤泡肚，北菜也，例佐芫荽）。

阁号眠云众口誉，效颦比户辟精庐。长街短巷灯如海，万里云烟信不虚（眠云阁烟室著名最久，踵此者不知凡几。万里云烟亦烟室之最大者，四字榜于门首，远近皆知）。

闲来何处足留连，醉乐居中别有天。洵是良辰消遣法，餐霞吸露小游仙（最乐居精洁无比，烟酒两便，趋之者若骛焉）。

酒馆方阑戏馆招，才听弦索又笙箫。无端忙煞闲身汉，礼拜刚逢第六宵（礼拜日任人游玩，前一日曰礼拜六，是夜尤为热闹）。

朋侪三五乐忘归，问柳寻花扣绮扉。行近门前忽惆怅，已经一局两茶围（一局两茶围，勾栏中之定例也）。

四点钟敲日影斜，千家妆就貌如花。相邀彩伴无他乐，不坐龙船坐马车（西洋马车有出赁者，近习载花驰骋，观者有目迷之叹）。

案目朝朝送戏单，邀朋且尽一宵欢。官人请客微分别，两卓琉璃高脚盘（案目，各戏园应客者之称。将日夜所演之剧，分别开列，刊印红笺，先期挨送，谓之戏单。官人请客观戏，必排连两几，增设西洋玻璃高脚盘，名花美果，交映生辉）。

擘就瑶笺速客临，歌楼舞馆遍招寻。芳名谁为题京片，大字居然新翰林（请客小柬家家刊就，便于招人赴宴。平日仍用大字名片焉）。

鸦娘雏婢侍筵前，密意全凭暗底牵。双眼胜他鹰眼疾，万人丛里认装烟（诸姬到戏园中，遇相识者必使人装水烟以将意。稠人广众，辨别分明，侍儿之灵敏，咸叹服也）。

入时举止任人看，摇动双肩学步难。偌大莲船君莫讶，行来也觉态姗姗（诸姬行动举止必习时派，千人一辙）。

花笺糊壁绝尘埃，屏幔时新画墨梅。可以人而不如鸟，中央定置百灵台（以西洋印花纸糊壁。所置扇屏灯幔，无一而非墨梅焉。百灵，鸟名，蓄此鸟者，笼中必置小台。今青楼中，皆有独脚小圆儿，陈设果品，呼为百灵台，取象形之义也）。

镶金大镜挂房间，照见檀郎日往还。更设西洋藤睡椅，尽堪乘兴到巫山（青楼中矜奇炫异，陈设极精。大镜、睡椅二物，所必有也）。

传说来朝烧路头，各房姊妹暗生愁。是谁酒水多如许，吃到鸡鸣尚未休（烧路头即祭财神也，鸨母责诸姬以酒，多者竟有十数席焉）。

五拳行酒令方收，更把鸡缸互劝酬。主已颓唐宾亦醉，逞豪又要抢三筹（拇战以五为数，申江习也。宏于饮者必用鸡缸抢三筹焉）。

家家自有蓝呢轿，个个争穿红绉裙。妆出新年新气象，烧香邑庙去纷纷（蓝呢轿家家自置，红裙为新年必需之物，不仅进城隍之香也）。

敬亭馀绪足轩渠，难得明朝说会书。袁调自高严调稳，若论风雅让三朱（说书女先生首推袁云仙、严丽贞。三朱者，素兰、素卿、幼香也）。

烟花触目太迷离，烟里藏花事更奇。不重生男重生女，女儿生计胜男儿（等而下者曰花烟馆，其数不可胜计。更有女堂烟馆，以妖姬应接烟客，履舄交错，不堪入目。然掷金钱者如雨，一日所获，远胜缠头之资焉）。

近时也复重莲钩，茶品松风足逗留。更向西洋楼上去，同寻搭脚或拼头（谚云“松风阁，看小脚，西洋楼，觅拼头”，皆茶肆也）。

戏园请客易调停，酒席包来满正厅。座上何多征战士，纷纷五品戴蓝翎（巨商富贾或因喜庆包借戏园，广宴宾客。峨冠博带，半多显秩，岂皆军兴以来，无足重轻之职欤？抑莫须有之事欤？“烂羊胃，骑都尉，都督狗，满街走”，其是之谓乎）。

生怕繁华迹易磨，闲将时事广搜罗。吟成合写三千纸，付与游人缓缓歌（闲居既久，闻见遂多，形之咏歌，足新耳目）。

拟沪北十景词

桂园观剧

果然鞠部最豪奢，不待登场万口夸。一样梨园称子弟，来从京国便风华。

新楼品馔

酒侣吟朋任款邀，羊羹鸭臛好烹调。时新不厌更番进，风味由来重六朝。

云阁尝烟

环房曲室客争趋，缥缈云烟足戏娱。不是酒家如卖酒，冶游人总觑当炉。

醉乐饮酒

及时行乐愿休违，况复招人有酒旗。为语同游须鼓兴，今朝不醉不言归。

松风评茶

一盏琼浆万虑空，果堪消遣是松风。微闻香泽来何处，隔座佳人笑语通。

兆荣访美

燕瘦环肥任品论，脂香粉腻总温存。可怜几曲章台路，但有情人必断魂。

层楼听书

敻绝三层近水楼，美人高坐说风流。听来不是生公法，顽石如何尽点头。

马车拥丽

妆成堕马髻云蟠，杂坐香车笑语欢。电掣雷轰惊一瞬，依稀花似雾中看。

夜市张灯

地火明夷百道连，最宜舞馆更歌筵。紫明供奉今休矣，彻夜浑如不夜天。

浦滩步月

万里长空镜若磨，楼台倒影入江波。此邦亦有清凉境，端赖长吟共短歌。

阅申江花榜书后

堪笑人云我亦云，传来标榜互纷纷。美人名士无凭准，博得虚声便出群。

沪北端阳歌

每逢大比之年，各直省有谣曰："槐花黄，举子忙。"今沪上亦端阳谣曰："枇杷黄，人心慌，小姊急，娘姨忙。”好事者嘱广其意，为沪北端阳歌，虽寓讥刺，足可发人猛省也。其辞曰：

枇杷黄，大爷慌，小姊急，娘姨忙。有客虽速亦不至，榴花红照双眼盲。屈原此日汨罗死，伍员此日胥江亡。诸君此日忽不见，岂与二子同徜徉。申江之水深百尺，容君百辈竟难测。一声低唱等郎来，泪珠点点衣裳湿。衣裳湿，帐中化作望夫石。君不见多少恩情话不休，大言挥霍买风流。一日不见三秋隔，履声橐橐登高楼。一台两台客常满，三局四局戏可转。昔日桃源许问津，此时咫尺天涯远。恨何长，情何短，万千愁绪谁能遣？谁知大爷愁更深，局账酒账徒纷纷。蒲剑莫破愁魔胆，艾旗空招债主魂。吁嗟乎！娘姨忙，小姐急，角黍里作并头式（俗有并头粽、抱儿粽名目），彩缕打作鸳鸯结。岂知五日午时犹未到，已与五毒百虫共澌灭。

和题文兰校书沈三官遗照四绝句原韵

沈三官，申江女闾中之尤者。余于十年前曾邂逅遇之，厥后声名藉甚，初不虞其不永年也。兹好事者奉其遗容题诗索和，触余旧感，笔欲下而仍停者屡矣。嗣见诸君和作佳句颇多，因不顾续貂之惭，且藉抒吊凤之戚，词无溢美，誉岂过情。芳魂有知，当临风一笑也。

依然人面似芙蓉，犹记当年一笑逢。从古红颜多薄命，总缘造物不相容。

了却尘缘不受怜，倘非成佛亦生天。端宜供向莲花座，一瓣心香顶礼虔。

知卿再不谪人间，万劫长存此玉颜。寄语旧时车马客，相思无益可全删。

玉人长往影空存，海角天涯总断魂。只有青楼诸姊妹，转欣无佛易称尊。

前诗意有未尽，依韵再和

又从镜里认芙蓉，仿佛瑶台月下逢。抱得神仙真骨相，自然尘世不堪容。

薄命如卿信可怜，茫茫碧海与青天。他生切莫生人世，代向空王祝告虔。

博得芳名播世间，才人文字美人颜。珍藏莫使庸儒见，恐为风怀一例删。

态浓意远性温存，几度曾销杜牧魂。今日那堪寻旧梦，了无清兴对琴尊。

杂感

日日洋场作浪游，黄金销尽不知愁。讥人汇报兼申报（二报皆新闻纸名），遣兴歌楼又酒楼。谁是庸中称矫矫，大都世上总悠悠。天公于我偏悭吝，富贵功名风马牛。

上海勾栏率于端午、中秋、除夕三节收夜度资。在囊充橐足之辈，取携良便，亦足以豪。而一种金玉其外败絮其中者，值此债台高踞，几于入地无门。较当日伍相过昭关之难，有过之无不及。蟾魄已圆，举目皆是。爰占四韵，聊警众心，未足形容万分之一也

纷纷打点付缠头，行乐而今反抱忧。月饼圆时番饼缺，桂花香里众花愁。羞看仆辈眉峰锁，惨把妻房首饰搜。力竭今宵偏不悔，来朝酒又饮珠楼。

再续沪上竹枝词

前作刻于壬申、癸酉间，一时好事者流争相唱和，无虑数千百首，清词丽句，美不胜收。迄今五载，于兹吟咏方终，风光小异。友人嘱再续成，走笔不计工拙。四方人士采风问俗，入境之时，次第取而阅之，或不嫌其鄙俚耳。

久客春申阅岁时，曾将旧事谱新词。而今花样重翻矣，再为名区续竹枝（予自辛亥来沪，迄今二十有六稔。寓目即书，犹觉言之不足也）。

挡手先生气象雄，凭他欺负是东翁。万千成本谈何易，包管将来一旦空（挡手者，各行号店铺之掌柜大伙计也）。

学来英语十分工，通事还须运气通。达则花翎蓝顶贵，穷终三十六人中（三十六人者不知始于何时，衣敝履穿，沿街遇有西人，便跟随买物，藉通言语，缺乃挨补，不能增添）。

出店人人唤栈司，收银送货日奔驰。夜间倘打茶围去，照个灯儿亦用之（出店即栈司，各行号店铺所用，亦名照灯者）。

案目单将戏目开，逢人分送笑颜堆。一言附耳低声话，始解原因讨账来（案目计戏赀，以分送戏单为名）。

巡捕区分西与华，腰刀手棒静无哗。今朝定是捐期到，桥下纷纷攫小车（西捕持刀，华捕手棒，每逢捐期，必拉小车之漏捐者）。

包探原来捕快同，地分英法不相通。衣裳华美忘身分，茶肆烟间聚一丛（包探成群作队，衣裳华丽，鱼目混珠）。

拆稍名号殊难解，结党成群惯诈人。捉到公堂枷打毕，出来依旧害良民（拆稍名号殊不可解，大率讹诈者流）。

下流种子比虻虫，踪迹无常西复东。昨忽贫穷今忽富，难挨时节是秋风（流氓亦无业游民之称）。

申江掱手最猖狂，镇日途中攫物忙。偶向红楼聊注目，腰间已失紫荷囊（掱手即剪绺者，近来最多）。

挑夫奚取野鸡名，不属夫头乱点兵。最惨轮船新客到，一肩行李去无声（以野鸡呼挑夫更不可解，大率无人管束之故）。

群将细崽唤洋奴，信是人间贱丈夫。寄语诸公休笑骂，官场今亦有吾徒（细崽惟粤东、宁波人充当最夥）。

茶酒佣曾称博士，不知何义唤堂官。如今烟馆新增出，鼎足而三买卖宽（茶馆、酒馆、烟馆所伺应者皆称堂官，他店则否）。

京都戏子竞豪奢，衣服披来特地华。形得苏班如乞丐，囚头丧面向人嗟（京优衣服最觉奢华，不似苏班之潦倒也）。

外场名字即龟奴，手不停携开水壶。下脚节分嫌短少，闲来还要作掮夫（外场亦曰相帮，专司客到茶酒，近习兼抬妓女肩舆）。

本家判别女和男，百种凶残万种贪。门户虽殊称谓一，不分么二与长三（本家即鸨母，男曰男本家，女曰女本家）。

缘何妓女号官人，海上风光异样新。楚馆秦楼千万户，不拼戏子不超群（官人之称惟申江有之，近日京优之翘楚，无不暗与官人密约来往）。

花烟最是害人场，一百青蚨便入房。相好攀成凭一语，腰间先付夜厢洋（花烟馆取夜度资一洋，吸烟则每盒青蚨一百）。

说书人唤女先生，朱氏门中最有声。除却当筵不陪酒，原同妓女一般情（说书女流近来不下二三十家，惟朱氏称最盛）。

讨主威风说也凶，伤心玉貌与花容。常将小货穷搜去，尤禁恩情不许浓（讨主亦称父兄，即赅讨人者）。

广婆都住老旗昌，急管繁弦韵绕梁。大宴开厅消夜便，外江客到费商量（广婆分两等，上者住老旗昌，工于歌唱。开厅乃盛设酒筵，消夜则便饭之谓。其间称他省人为外江人）。

小姊何如大姊优，街头巷口卖风流。双趺争说天然好，翻笑金莲不似钩（大姊者未出嫁之女童也，各妓家皆有之，近时尤盛）。

骇绝逢人赋好逑，只图欢乐不知羞。朝张暮李浑闲事，谁悟拼头不到头（拼头风气最坏，随拼随拆，毫不知羞。）

竹枝再续意云何，桑海重重眼底过。俗子不知词客志，翻嫌多事费吟哦（前后所咏竹枝，俱已录布，兹再续成，不自知其词之赘也）。

媵兰词（有引）

兰卿校书，乳名富宝，飘毗陵之弱絮，堕沪渎之勾栏。一捻腰肢，万般情绪。堂开白玉，认彩凤之双飞（居双凤堂）；板拍红牙，听流莺之百啭。识面正柳梢月上，问年则花信风齐。倦处烟花，慧同月朗，勤求夫婿，志薄云高。蚨从何处飞来，空拳脱籍；鸟曰不如归去，惨目无家。爰物色于风尘，得浔阳之茶客，片言代决，寸意欣从。时值重阳，随嫁正多菊婢；群空冀北，此中谁继花王。送卿车上七香，肠回九转；示我江通一水，泪洒千行。媵以小词，先书短引。

吹气何香，竟体何芳。有美一人，婉如清扬。

浔阳水清，春申水浊。去浊就清，遽然梦觉。

兰为王者香，嫁作商人妇。从此过章台，怕见青青柳。

卿去我且歌，我歌卿亦喜。欲识情短长，量取申江水。

富贵本难如愿，老大殊觉堪伤。及早回头是岸，不然误了红妆。

宝鼎香温共寝，玉壶酒熟同尝。漫许儿夫作客，凄凄独守空房。

仙姿原合住金闺，此去应胜枳棘栖。我抱惜花心一片，离愁别恨不堪提。

吩咐东君好护持，莫教雨妒更风欺。从今了却相思债，但祝阴浓子满枝。

端阳前一日，张叔老折柬招同篆隐词人、瘦腰客、半禅饮于天风阁，诸君诗先成，依韵奉和

开缄喜似拜朝麻，招我寻芳兴更赊。高阁合倾千盏酒，新诗争咏一枝花。醉逢海上皆吾偶，笑指江东是妾家（阁中主人家于浦东）。忽讶红儿增艳丽，夕阳返照挂檐牙。

再叠前韵

枇杷门巷密如麻，路入桃源不惮赊。我辈狂宜消竹

叶，可儿艳欲妒榴花。风尘得此真仙境，诗画都成老作家。最喜清谈胜歌吹，何须擫笛拍红牙。

二十一日梅雨新晴，梦笔庵主载酒招天风阁主人就饮篆隐词人寓庐，并约半禅、叔老、啸隐及余作陪，即席三叠前韵

不信仙源不种麻，引人入胜路偏赊。怕登小阁同听雨（同人以雨阻，故久不登阁），特敞琼筵共坐花。送酒恰宜陶令宅，拥书久慕邺侯家。巴词屡和阳春曲，惭愧人前慧拾牙。

读诸君诗毕，四叠前韵

几人诗律细于麻，斗捷争新兴倍赊。得句有时忘起草，赏心无日不看花。者番欢会堪千古，彼美风情又一家。自笑狂吟难入调，恍同学语听牙牙。

海上七夕词

地依瀛海得秋先，如此凉宵绝可怜。作到神仙也无术，伤离悼别自年年。

家家楼上学穿针，私向双星下拜深。为诉人间薄情婿，偏于此夕费招寻。

是谁频唤公无渡，入耳惊心不等闲。卅万聘钱逋欠久，恐逢天使要偿还。

九日登丽水台漫兴

高台百尺耸云霄，拾级登临眼界超。俯视尘寰何所见，春申江上去来潮。

落帽风因近海狂，题糕人为索租藏。此邦太俗无他乐，万菊丛中酒一觞（沪上勾栏例于是日堆菊宴客）。

蚁聚蜂屯利贸迁，眼前桑海亦堪怜。尤怜一角繁华地，多少鸳鸯正熟眠（台下一带青楼罗列）。

我来海上豁双眸，弹指于今二十秋。高处置身殊惴惴，肯将安乐换公侯。

赠韩桂喜

韩桂喜者，申江丹桂茶园之伶人也。来自津沽，超群菊部。申江之闻秦腔自桂喜始。虽玉貌花容，原属韩凭之幻影；而乱头粗服，不同韩寿之偷香。惟与润州某有握臂之好，要亦游目而未必骋怀者也。有色有艺，而又有志，似此出淤泥而不染，吾见亦罕矣。聊赠二绝，请质诸恩切瞻韩者，并未足形容万一也。

登场一顾已群空，多少歌童拜下风。我欲裁笺三十六，大书喜字桂轮中。

桂魄团栾空照我，喜心翻倒为逢卿。美人毕竟秦云幻，万种情从百媚生。

赠陈彩林

陈彩林，上海金桂轩之伶人也。初隶京师胜春奎班，班为内监某所蓄。其时彩林尚在髫龄，因不赴某侍御之召，侍御衔之，飞章弹宦官不得私蓄梨园。上韪其言，该班散，而彩林遂来上海。登场四顾，倾倒一时。睹陈平冠玉之姿，动陈蕃下榻之想者，颇不乏人。一日，游目主人过四马路，适遇彩林飞车前来，略一驻足，四目相瞻，其中密意深情，断非管城子、即墨侯所能代达。聊书数语，并系二绝，俾芳名远播，佳话常存，亦未始非有美必彰之意尔。

彩云一朵扬晴空，林下丰姿月下逢。半晌停留重返顾，目成都在不言中。

剪彩难摹合绣丝，上林信有好花枝。罡风何忍教零落，历劫皆缘绝世姿。

洋场多浪游子弟，诗以讽之

如此翩翩不识丁，全身装束效优伶。魂消酒馆兼烟馆，心醉嫖经共赌经。那解砚磨蕉叶白，但知衣着竹根青(近日绸缎新式颜色曰竹根青)。流年似水空辜负，仔细繁华梦易醒。

客游上海多沉迷不悟者，诗以调之

匝地歌楼别有天，此间风月果无边。洋场更比山塘好，漫说灯船与酒船。

一见娇娃便断魂，休论情假与情真。直须摇动归舟橹，才算留存七尺身。

和陈玉卿校书壁间感怀原韵

敢薄虺蛇女子祥，这般秀自出班行。愿卿早获知心侣，莫误莲花似六郎。

喜晤玉卿再赠一律

岂是当年陈妙常，绝无脂粉亦何妨。赢来赠句千篇富，敲罢残棋一局凉。玉到暖时情易合，卿须怜我愿难偿。二分明月由来好，移向申江照艳妆。

申江岁暮，章台客稀，积习为然，今年尤甚，诗以纪之

惊心腊鼓响咚咚，多少游人带惨容。花径不须缘客扫，王孙公子渐无踪。

年年怕见年糕面，触目能教客断魂。谁向花间争志气，即今犹自倒金樽。

戏拟望江南三十调分上下平韵

卅年海上，阅尽繁华，一枕邯郸，嗤他梦幻。花开花谢，频年多未醒之人；春去春来，何处得销愁之地。不有歌咏，曷足铺张，聊缀俚词，藉供众赏。

申江好，万国竞来同。海舶几多浑莫辨，地球何处不相通。人巧夺天工（东）。

申江好，胜迹说吴淞。晓日暮霞光灿灿，朝潮夕汐势汹汹。过客愿留踪（冬）。

申江好，小县作名邦。买卖生涯推第一，风流薮泽叹无双。豪杰望风降（江）。

申江好，铁厂最新奇。自昔公输无此巧，其中灵妙有谁知。从此废工师（支）。

申江好，行乐易忘归。处处珠围兼翠绕，家家燕瘦又环肥。金尽手犹挥（微）。

申江好，莫叹食无鱼。赪尾银鳞终岁足，雕蚶镂蛤及时储。鲜美有谁如（鱼）。

申江好，戏馆列通衢。集秀昆腔来茂苑，名优丹桂属京都。昼夜供欢娱（虞）。

申江好，妓室等琼闺。旧好新知分冷热，长三么二判高低。身价也难齐（齐）。

申江好，最异是新街。夜火零丁门户密，春风容易鸾凤谐。大半产清淮（佳）。

申江好，高驾马车来。浪子闲游朝几度，佳人遣兴日多回。迅疾似奔雷（灰）。

申江好，忧富不忧贫。库积雄资惊顿失，街栖乞丐忽更新。同是一般人（真）。

申江好，妓女着红裙。邑庙烧香拖幅幅，新年出局看纷纷。贵贱不能分（文）。

申江好，最好庙花园。堂列点春兼萃秀，人来蚁聚更蜂屯。茶话玉泉轩（元）。

申江好，风雪不知寒。煤火通红烧屋角，烟囱高耸出檐端。坐卧十分安（寒）。

申江好，南北两雄关。百货金钱征似水，万邦税饷积如山。财赋重区寰（删）。

申江好，巧绝火轮船。转磨机同灯走马，登程疾似箭离弦。万里往来便（先）。

申江好，书馆姓名标。屏却须眉重巾帼，只弹弦索不笙箫。暮暮又朝朝（箫）。

申江好，酒肆备佳肴。昔日膏粱矜饮啖，而今市井解烹炰。是处有良庖（肴）。

申江好，水蜜产名桃。黄歇浦西生最夥，黄泥墙畔品尤高。红晕认鹅毛（豪）。

申江好，沧海不扬波。局启招商其利溥，船兼转漕未嫌多。齐唱太平歌（歌）。

申江好，贸易重丝茶。湖客章身争炫耀，徽商侈口逞豪华。强半自矜夸（麻）。

申江好，马路说洋场。万户千门皆孔道，四通八达尽康庄。示我咏周行（阳）。

申江好，地火最光明。漏转铜龙夸不夜，花开铁树照深更。比月更澄清（庚）。

申江好，电线疾如霆。万里语言同面晤，重洋信息霎时听。机括竟无形（青）。

申江好，最乐是游僧。酒肉场中全不讳，烟花队里各争能。入定问何曾（蒸）。

申江好，高爽指洋楼。耸出重霄云欲接，洞开八面景全收。四顾豁双眸（尤）。

申江好，烟馆最深深。诚信眠云花共倚，恒昌醉乐酒同斟。招友几番临（侵）。

申江好，古玩尽搜探。商鼎周彝酬万镒，唐碑晋帖重千缣。真伪几曾谙（覃）。

申江好，男女不防嫌。榻上横陈同倚枕，车中共载弗垂帘。一任众观瞻（盐）。

申江好，市侩肆贪馋。布地金银工计较，熏天酒肉味酸咸。风雅一齐芟（咸）。

沪上新年词

城门彻夜不曾关，向晓香车水一般。何事烧香争入庙，任人环绕看云鬟。

城中人爱洋场去，城外人争入庙园。同是一般寻乐意，大家相喻在无言。

看戏听书与品茶，呼朋招友乱如麻。小东门到三茅阁，举国如狂驾马车。

新年气象镜新磨，浪掷金钱疾似梭。楚馆秦楼千百所，果盘开处笑声多。

花街有女竟如云，路出棋盘左右分。一色衣裳争艳丽，雪青袄子石榴裙。

但买欢娱弗论钱，从来风月本无边。六街灯火浑如昼，信是金吾不禁天。

沪城北郭淫风流行。午炊既停，夕阳方坠，青年妇女，彳亍往还者相属于道。询之土人，有摇小会、上台基等目，盖即野田草露之末俗也。为赋四十字以张之，不暇顾夫有污笔墨耳

碧玉小家女，行行何所之。非关摇小会，即系上台基。荡子工探访，虔婆好设施。挽回风气者，执法未应迟。

洋场四咏

红风兜

红风兜，耀日头，舆台皂隶等公侯。光天化日不知羞，吁嗟乎其头。

青缎褂

青缎褂，太假借，服之不称庞然大。弗顾旁人暗笑骂，扯尽空中架。

蓝呢轿

蓝呢轿，扛着跳，朔望进香城隍庙。拜年贺节尤炫耀，难免舆夫笑。

朱轮车

朱轮车，装饰华，京师乘者惟王爷。何物狂奴妄豪奢，笞杖罪应加。

和友人赠月仙校书二律，用原韵

乡居柔里醒犹梦，情到浓时幻亦真。天上月曾闻玉

杵，地行仙合骋珠轮。不关到处频沾絮，自属前生未了因。我是卅年花下客，问津宜访过来人。

客到沪滨才入梦，乱闻花里唤真真。新诗妙比风生座，好事圆如月满轮。领略衣香兼鬓影，思量絮果与兰因。邗江水洁申江暖，毕竟谁为称意人（友人来自维扬）。

赠陈月娥女史

月明林下抱琴过，如此丰姿恐不多。压到千红兼万紫，广寒宫里一嫦娥。

月悬明镜照江波，有客魂消一曲歌。我欲为卿酬好句，新词合谱忆秦娥。

月中丹桂影婆娑，几度因风想玉珂。借问妙常能似否，卿家今古两仙娥。

月下谁牵丝与萝，消除情障并愁魔。何须玉镜台相聘，共把私心乞素娥。

题申江女弹词姓氏录

妙手新开色界天，裁云镂月笔何妍。书中尽有颜如玉，值得香名次第编。

多少名姝萃上洋，风流薮泽俊词场。从知此卷人争妒，翰墨香兼粉黛香。

三宝吟

寿华庵主招饮叙风园。座中侑酒者宝琴、宝仙、宝珠，皆负时下盛名，色艺各极其妙。酣歌畅饮，宾主尽欢，即席赋此，命之曰三宝吟。

香车宝马逐花阴，入座浑如璧月临。我为移情羁海上，愿将心事托瑶琴。

谁歌得宝倚琼筵，福自修来亦有缘。阅遍千红兼万紫，几人似此艳于仙。

百宝妆成意态殊，寻常脂粉下风趋。若从歌舞论声价，一曲应偿一斛珠。

续三宝吟

宝镜当筵比月临，明明照得美人心。红楼梦里休轻拟，不遇相如不鼓琴。

宝髻慵梳越可怜，动人情处是天然。多因钟得鸳湖秀，一见都疑谪降仙。

宝儿独与众芳殊，对酒当歌耻滥竽。博得人人争属耳，新声如落玉盘珠。

二爱仙人感姚七倩卿绨袍之谊，赋诗志谢，用步其韵，以彰彼美之高风，以志此邦之韵事，并索同人和之

此情深比水千寻，难得蛾眉属赏音。愧煞一般豪贵客，寒暄不问托知心。

解衣亲启缕金箱，博得章台姓字香。秋雨秋风凉已遍，那知独热美人肠。

三三词

此邦风月冠江南，万紫千红任客探。行过章台三十里，无人不道李三三。

寻春兴致十分酣，醉入花间比蝶憨。阅遍环肥兼燕瘦，风情都逊李三三。

容光四射暗香含，压倒群芳定不惭。愿把金铃营十万，深深重护李三三。

再赋三三词以自忏

逞怀砚北与花南，杜牧闲情取次探。不数泥涂污碧玉，只因有感赋三三。

浇愁借酒醉逾酣，笑彼痴聋笑我憨。茵溷分明任沦落，等闲莫漫怼三三。

诗人忠厚意深含，婉更多风尚抱惭。定表庐山真面目，章台从此辱三三。

高昌寒食生三赋三三词，谓符三三成九之意，余亦效颦，足成此数，工拙固不计也

可儿声价重双南，浪蝶狂蜂未许探。惟有诗人忙不了，甜吟蜜咏李三三。

非关中酒却如酣，只为看花且学憨。怪煞春申江上客，启帷争睹李三三。

盈盈一匊泪珠含，见面欢迎背面惭。安得黄衫来侠

士，青泥拔出李三三。

题奂庵退叟廿四花品用原韵

千红万紫好生涯，有客欣浮海上槎。夜月催倾金谷酒，春风吹彻玉人家。丝丝绾得同心结，一一都称解语花。此老多情胜年少，寻芳踏遍径欹斜。

写来好好并娟娟，笔底能开色界天。端赖品题供众赏，不徒脂粉博人怜。栏干影叠浑如画，花信风传尽有缘。手得一编归去也，梦魂犹在酒杯边。

海上四校书词

赠黄绣君为雾里看花客作

幸遇看花眼，能从雾里分。铅华全屏卸，红紫陋缤纷。遮莫争相绣，何堪无此君。商量宜称服，艳绝石榴裙。

赠汪桂芬为六勿居士作

一鹤立鸡群，声华到处闻。谁堪折丹桂，我为诵清芬。潭水情千尺，扬州月二分。秋波能剪魄，蜂蝶坠纷纷。

赠汪莲卿为擫笛生作

莲品何清绝，卿卿是化身。虞山毓灵秀（卿常熟产也），沪渎堕风尘。劝酒千杯少，高歌一曲新。茫茫人海里，为尔感沉沦。

赠李二宝为待鹤轩主作

明月二分好，盈盈宝相花。千红皆退舍，一白信无瑕。入座能消酒，问年刚破瓜。妮人微醉后，粉颊泛晨霞。

赠张盈盈词史为高昌寒食生作，仍用三三词体

又从花下遇云英，眉语难传目已成。妾屏铅华郎傅粉，相逢那禁笑盈盈。

分明雁落又鸿惊，说到飘零感慨生。一曲琵琶数行酒，那堪低唱泪盈盈。

三生何幸结鸳盟，纵是无情亦有情。明月一轮圆似镜，愿教常此照盈盈。

赠蔡良卿校书

万花丛里讶容光，丽质端宜八宝妆。正是春江好花月，相逢此夜洵称良。

谪自瑶台压众芳，教人一见九回肠。历将艳遇从头数，屈指无如此会良。

此邦风月胜他乡，买笑寻欢客最狂。座上无卿偏不乐，负他景美与辰良。

可是文姬幻巧妆，分明风韵胜寻常。若论玉镜台相聘，为问何人合唤良。

华众会打弹词有引

西俗有打弹子之剧，亦犹中华之双陆、蹴蹴等戏，隐寓消遣习劳之义。乃近来华人亦效法之，启一众会之所，

日夕任人嬉戏。弹有小大之分，小者打于几，大者打于地。少年子弟，攘臂争趋，几有乐此不疲之势。习俗移人，固如是乎？同人怂恿赋诗，谓亦采风者之所愿闻。然耶，否耶，特虞弹丸小邑白打成风，而游手好闲之人日众一日，亦关心世道者所深忧也。

笑他竿木竞登场，半臂齐肩一样装。打得兜央三十六，兴高采烈气飞扬。

浪抛书卷无他务，虚掷光阴与博同。也似手挥还目送，但惊震地响隆隆。

赠陆朝云女士

陆离光怪说洋场，紫姹红嫣万万行。似此花枝才出色，教人一见九回肠。

朝朝暮暮探春忙，省识温柔是此乡。一种天然真趣在，不关淡抹与浓妆。

云情雨意事荒唐，赢得芳名到处扬。谁解青泥怜碧玉，明珠十斛速商量。

喜晤王金宝校书于兆荣里酒次书赠

一室安排独胜常，能教豪客望风降。千金合买倾城笑，百宝端宜绝代妆。画栋雕梁巢翡翠，珠帏绣幕宿鸳鸯。此才信可藏金屋，漫与闲花较短长。

和阅三宝道人偕姚倩卿婉卿游静安寺原韵

一鞭驰逐海天秋，绣幰香车驾紫骝。难得比肩人似玉，惊他众目倚层楼。

金迷纸醉忒繁华，买笑寻欢未有涯。毕竟姚黄天上种，两枝花胜万枝花。

翩翩压倒少年场，词藻三苏字二王。两美正怜谁作合，惊才绝艳适相当。

高瞻远瞩感难禁，揽辔徜徉信口吟。莫恨相逢便离别，喜君同抱惜花心。

电气灯

火生于物中，燧人钻木取。后世师其智，焚膏光焰吐。继晷夸奇功，照耀遍寰宇。历千百年来，今不能变古。泰西有异人，仰天快所睹。谓彼掣电时，光芒胜列炬。以计取得之，幻作灯光巨。一灯抵万灯，太阴几退阻。奇技不敢私，移来照中土。中土最繁华，首说春申浦。倏放大光明，照彻千万户。昼夜几不分，昕宵日亭午。叩其所以然，神工与鬼斧。所愿助官吏，遍照民疾苦。不愿助狎邪，仅照人歌舞。何幸此邦人，同入广寒府。

自来水

水以润万物，所贵清其流。潢污与行潦，不堪以荐羞。浊哉黄歇浦，直与黄河侔。居民不便之，由来几千秋。西士受廛久，乃亦生隐忧。爰取彼国制，来为兹土谋。高筑蓄水池，池底为沙沟。镕铸作水管，千百埋道周。四通兼八达，随地接源头。不烦担夫劳，不须叩门求。不虞偶匮乏，不必谋储留。从此沪江民，可无饮啄愁。享祀即堪洁，疾疫亦何由。巍巍此功德，几与神佛俦。饮水思源者，将以何物酬。有志福吾民，亟宜借箸筹。

和种瓜老人赠花桂卿校书四绝句用原韵

闻来但觉木樨香，林下丰姿孰可方。难得品题倡好句，宛如羌笛奏伊凉（老人与姬皆秦产）。

有情人戴有情天，毕竟飘零亦可怜。似此容光超众卉，十三楼合住轻烟。

春申花占四时春，醉倒花间不厌频。听得探花人艳说，如花人是姓花人。

动人情绪玉纤纤，愿作花枝倩汝拈。一笑莫嗤头已白，最难晚节蔗根甜。

戏咏雕翎扇

自昔传诸葛，军中羽扇挥。讵宜纨袴子，不称绮罗衣。况复娇娃执，能无大雅讥。明明人入座，浑似鸟争飞。

其二

指挥诸热客，意气仗飞扬。玉带横腰白，金丝着脚黄。辉煌牙作柄，珍重翠为装。妙绝空空手，凭他也胜常。

其三

品以芝麻贵，名还重冻青。高擎鹏展翅，列坐雀开屏。凿凿吹毛论，喁喁覆翼形。笑看偎倚际，彼此惜惺惺。

其四

我爱蒲葵制，凉生片叶中。物虽分贵贱，风不判雌雄。一任趋时辈，千方学步工。相形胡见绌，予羽叹蒙茸。

嘲时事

碧玉婀娜小女儿，那堪纤手折杨枝。生憎阿母风流甚，勾引狂蜂入绣帷。

维持风化真贤令，妄肆讥弹太下流。安得尚方三尺剑，惩邪先斩此人头。

吾宗某明府爱歌妓李石泉，有终身之约。石泉背盟他适，明府情不能忘，吟诗十二章遍征和者，余因踪迹甚疏，赋此寄慰

柴门久不过高轩，十二新诗众口喧。那料良缘难御李，果然此事又推袁。巫山梦觉空留恨，湘水情深易断魂。且莫相思劳咏叹，何当把酒与君论。

申江岁暮即事有感

急景催年疾，残年写景难。债台高筑几多宽，容尔百千万辈，士也这般寒。　穷枉今年送，财嗤往日殚，不堪回首泪偷弹。记否传笺，记否步姗姗，记否销金帐里，相伴影团栾。

其二

眼底瓶都罄，心头箭乱攒。救穷何处觅仙丹，只悔当初孟浪，挥霍太无端。　输彼营三窟，嗟予剩一官，莫嗤袖手作旁观。料理桃符，料理五辛盘，料理椒花柏叶，献岁共寻欢。

袁祖志瀛海采问纪实

译名简释

三画

大东洋

Pacific Ocean，太平洋

大吕宋

Espana，清初中国对西班牙的称谓

小吕宋

Luzon，吕宋岛，清初中国亦用来称菲律宾

义大利

Italy，意大利

马达加士

Madagascar，马达加斯加

马得力

Madrid，马德里

马塞

Marseille，马赛

四画

天士河

River Thames，泰晤士河

日斯巴尼亚

Espana，西班牙

丹马

Danmark，丹麦

巴竦希

Rio de Janeiro，里约热内卢

五画

北阿墨利加洲

North America，北亚美利加洲，简称北美洲

加梨

Curry，咖喱

皮酒

Beer，啤酒

六画

吕宋烟

Cigar，雪茄

七画

克明

Coming，进来

苏彝士河

Suez Canal，苏伊士运河

里斯波亚

Lisboa，里斯本

利津帕

Regent's Park，摄政公园，又称丽晶公园

伯理玺天德

Prime Minister，总理

佛郎

Franc，法郎

阿蒙士得塘

Amsterdam，阿姆斯特丹

八画

耶苏

Jesus，耶稣

直巴拉达

Gibraltar，直布罗陀

和南

Holland，荷兰

九画

南阿墨利加洲

South America，南亚美利加洲，简称南美洲

哈克

Den Haag，海牙

香饼

Champagne，香槟

十画

荷兰水

Soda，汽水

钵碎驿

Port Said，塞得港

拿波利

Naples，那不勒斯

海帕

Hyde Park，海德公园

十一画

勒色布斯

Ferdinand Marie de Lesseps，斐迪南·德·雷赛布

得胜楼

Arc de Triomphe，凯旋门

淡巴菰

Tobaco，烟草

十二画

落得大姆

Rotterdam，鹿特丹

喀叻吧

Kuala Lumpur，吉隆坡

稊

Tea，茶

奥斯马加

Austria-Hungary，奥匈帝国

十三画

瑞士能

Svizra，瑞士

十五画

德律风

Telephone，电话

潘比阿古城

Pompeii，庞贝古城

十六画

辨士

Penny，便士

走向世界丛书一百种

初编三十五种以＊标出

谢清高 海录（附三种）
＊ 容　闳 西学东渐记
＊ 林　鍼 西海纪游草
＊ 罗　森 日本日记
＊ 斌　椿 乘槎笔记
＊ 张德彝 航海述奇
＊ 王　韬 漫游随录
＊ 志　刚 初使泰西记
＊ 张德彝 再述奇（欧美环游记）
＊ 张德彝 三述奇（随使法国记）
王　芝 海客日谈
＊ 祁兆熙 游美洲日记
＊ 李　圭 环游地球新录
＊ 郭嵩焘 伦敦与巴黎日记
＊ 张德彝 四述奇（随使英俄记）
＊ 黎庶昌 西洋杂志
＊ 刘锡鸿 英轺私记
李凤苞 使德日记
钱德培 欧游随笔
＊ 何如璋 使东述略及杂咏
＊ 张斯桂 使东诗录
黄遵宪 日本国志
＊ 黄遵宪 日本杂事诗〔广注〕
陈兰彬 使美纪略
＊ 曾纪泽 出使英法俄国日记
＊ 王　韬 扶桑游记
＊ 徐建寅 欧游杂录
谭乾初 古巴杂记
王之春 谈瀛录
＊ 李筱圃 日本纪游
池仲佑 西行日记
蔡　钧 出洋琐记
袁祖志 瀛海采问纪实
张祖翼 伦敦竹枝词
王以宣 法京纪事诗
潘飞声 西海纪行卷
潘飞声 柏林竹枝词
潘飞声 天外归槎录
张荫桓 三洲日记
邹代钧 西征纪程
王咏霓 道西斋日记
张元济 环游谈荟
余思诒 楼船日记
缪祐孙 俄游汇编
张德彝 五述奇
＊ 傅云龙 游历日本图经馀纪
傅云龙 游历美加等国图经馀纪
洪　勋 游历闻见录
崔国因 出使美日秘国日记
＊ 薛福成 出使英法义比四国日记
＊ 薛福成 出使日记续刻
陈道华 日京竹枝词

严　修 **东游日记**
姚鹏图 **扶桑百八吟**
凤　凌 **游馀仅志**
* 黄庆澄 **东游日记**
吴宗濂 **随轺笔记**
宋育仁 **泰西各国采风记**
王之春 **使俄草**
伍廷芳 **美国视察记**
* 蔡尔康等 **李鸿章历聘欧美记**
张德彝 **六述奇**（附　七述奇未成稿）
刘学询 **考察商务日记**
黄　璟 **考察农务日记**
罗振玉 **扶桑两月记**
罗振玉 **扶桑再游记**
丁鸿臣 **东瀛阅操日记**
沈翊清 **东游日记**
* 梁启超 **新大陆游记**
张德彝 **八述奇**
载　振 **英轺日记**
吴汝纶 **东游丛录**
双　寿 **东瀛小识**
缪荃孙 **日游汇编**
周学熙 **东游日记**
* 单士厘 **癸卯旅行记**
凌文渊 **籥盦东游日记**
张　謇 **癸卯东游日记**
蒋　煦 **西游日记**
王景禧 **日游笔记**
陈　琪 **环游日记**
* 康有为 **意大利游记**
康有为 **德意志等国游记**
康有为 **英国游记**
* 康有为 **法兰西游记**
韩国钧 **实业界之九十日**
李濬之 **东隅琐记**
盛宣怀 **愚斋东游日记**
* 戴鸿慈 **出使九国日记**
金　鼎 **随同考察政治笔记**
* 载　泽 **考察政治日记**
程　淯 **丙午日本游记**
康有为 **西班牙等国游记**
杨泰阶 **东游日记**
文　恺 **东游日记**
左湘钟 **东游日记**
吕珮芬 **东瀛参观学校记**
* 林汝耀 **苏格兰游学指南**
* 单士厘 **归潜记**
金绍城 **十八国游记**
附 艾儒略 **职方外纪**
附 南怀仁 **坤舆图说**
附 丁韪良 **西学考略**
附 艾约瑟 **西学启蒙**

图书在版编目(CIP)数据

瀛海采问纪实/(清)袁祖志著.—长沙:岳麓书社,2016.12

(走向世界丛书/钟叔河主编)

ISBN 978-7-5538-0681-5

Ⅰ.①瀛... Ⅱ.①袁... Ⅲ.①游记—作品集—中国—清代

Ⅳ.①I264.9

中国版本图书馆 CIP 数据核字(2016)第 234540 号

YINGHAI CAIWEN JISHI

瀛海采问纪实

作　　者:袁祖志

校 点 者:鄢　琨

责任编辑:鄢　蕾

责任校对:舒　舍

封面设计:吴颖辉　贺红梅

岳麓书社出版发行

地址:湖南省长沙市爱民路 47 号

直销电话:0731—88804152　88885616

邮编:410006

岳麓书社网址:www.yueluhistory.com

2016 年 12 月第 1 版第 1 次印刷

开本:890×1240　1/32

印张:7.125

字数:159 千字

印数:1—3 000

ISBN 978-7-5538-0681-5

定价:38.00 元

承印:长沙超峰印刷有限公司

如有印装质量问题,请与本社印务部联系

电话:0731—88884129